Jörg Aufenanger

Ein Sommer in Caputh

Roman

KLAK

1.

Begann nicht alles in dem Augenblick, als er die Fähre verlassen und den ersten Fuß ans Ufer der anderen Seite setzen wollte, sie da stand, ihn anblickte und ihm zulächelte? Er wunderte sich, kannte er sie doch nicht. Sie betrat die Fähre, er ging an Land, drehte sich nicht nach ihr um, dafür war er zu stolz und zu schüchtern zugleich. Das hatte sich lange nicht mehr ereignet. Eine Frau hatte ihn angelächelt. Erst als die Fähre mit ihr das gegenüberliegende Ufer zu erreichen drohte, traute er sich, sich umzudrehen. Sie winkte, doch er winkte nicht zurück, obwohl sie ihm irgendwie, er wusste nicht warum, gefallen hatte. Er hatte sich aber geschworen, die Frauen zu vergessen.

„Ich hätte mich nicht umdrehen sollen", vertraute Henze mir am Ende des Sommers an, dann stiegen Tränen in seine Augen, er wandte sich um und ging davon, den Kudamm hinunter, hielt noch einmal inne, und fügte hinzu: „Ich werde dir alles erzählen. Du musst meine Geschichte aufschreiben."

Schließlich war sie seinem Blick entschwunden, und er schaute hinter ihr her in eine Leere, die sein Leben seit einigen Jahren begleitete, die er zwar auch genoss, an der er aber bisweilen litt. Einst war er süchtig nach Frauen gewesen und viele hatte er nicht ausgelassen. Doch seit einer letzten Affäre vor drei Jahren mit einer Berliner Buchhändlerin hatte er sich rigoros ein Ende verordnet. Keine Liebelei mehr! Was aber wawr soeben in ihn gefahren? Wurde er seinem Schwur etwa untreu? Er setzte sich ins Portofino. Ich hätte ihr nachfahren sollen, nicht nur nachblicken, war sein erster Gedanke, als er in die Biegung der Havel schaute, ein Blick, der ihn seit dem ersten Frühlingstag in ein Glück und eine wunderbare Gelassenheit versetzte. Doch nun stieg eine Unruhe in ihm hoch. Nur wegen dieser unbekannten Frau, die ihn angelächelt hatte? Er ärgerte sich über sich selbst. Da stand aber schon Babette, die junge Kellnerin, neben ihm und schlug auf seine rechte Schulter. Er zuckte zusammen.

„Alles schau heute?" fragte sie, er nickte. „Soll aber noch oll werden", und sie zeigte auf eine dunkle Wolke, die sich am Caputher Horizont breitmachte. „Puttanesca und ein Frascati" fragte sie nicht, sondern bestellte gleich für ihn bei sich selbst. Er hätte heute lieber eine Pizza gegessen, aber er traute sich nicht, zu widersprechen, ihr, die vielleicht vierzig Jahre jünger war als Henze. Nicht Hans Werner, sondern Anton Henze.

Da eilte der Fährmann, der mit der elegant geschwungenen Nase, auf ihn zu, gab ihm einen Zettel und zwinkerte ihm zu: „Sie sind mir ja eener und det uff meener Fähre." Charon nannte Henze ihn im Geheimen, doch der Fährmann hätte sicherlich nicht gewusst, wen er meinte, hätte er ihn im Scherz mal so angesprochen.

„Morgen neunzehn Uhr auf der Fähre, so wie heute. Sie sind der Richtige, wenn's einen gibt auf dieser Erde. Irmtraud."

Schnell knüllte Henze das Stück Papier in die Hosentasche, Babette sollte es nicht sehen, da sie gerade das Besteck brachte. Als sie sich einem anderen Gast zuwandte, holte er den Zettel wieder hervor, las ihn aber nicht noch einmal, strich ihn nur glatt, faltete ihn sorgfältig, so klein es möglich war, versteckte ihn in der vorderen Hosentasche, vor sich selbst. Nach wenigen Minuten schon berührte er ihn dort unangenehm, und so steckte er ihn in die hintere Hosentasche der Jeans. Da konnte er ihn eher vergessen. Werde morgen Abend nicht die Fähre nehmen, nahm er sich vor, da stand sie schon wieder neben ihm.

„Heute gibt's ganz viel Puttanesca, extra für Dich." Babette strahlte, als sie Henze den Teller hinstellte, „musst aber langsam essen!"

Vor drei Tagen hatte sie ihn mir nichts dir nichts geduzt, er war verdutzt gewesen und empfand das gar als Übergriff auf seine fünfundsechzigjährige Person. So eine Göre, sagte er, natürlich nur zu sich, aber seitdem dachte er unablässig an sie, malte sich Szenen aus, lächerlich, schalt er sich jedes Mal. Die Frau von der Fähre wird ungefähr mein Alter haben, das ist vernünftig.

„Schmeckt's dir heute nicht?", fragte Babette, als sie vorüberkam, und er noch keine einzige Nudel auf die Gabel gerollt hatte. „Wird kalt!"

Er fühlte sich dabei ertappt, an die andere Frau gedacht zu haben. „Doch, doch" stotterte er und lief rot an.

„Das liebe ich an dir, dass du noch rot wirst. In deinem Alter!"

Erneut ärgerte er sich über sich und über sie, er wollte vor ihr keine Blöße zeigen.

„Warum biste denn rot geworden?"

„Darum", antwortete er schärfer als er wollte.

„Du bist aber patzig heute. Haste dich verliebt?" Babette

klapperte mit den Tellern in der Hand, schien eingeschnappt, verschwand wieder.

„Diese freche Göre“, sagte er zu laut, das in Ehren ergraute Ehepaar am Nachbartisch drehte sich empört um.

„Aber doch nicht unsere Babette!“

2.

Lange hatte er gezögert, zur Fähre aufzubrechen, wollte er doch kein Abenteuer mehr mit Frauen. Ich hätte mich gestern nicht umdrehen sollen, hatte er sich den ganzen Tag über gesagt, wandelte den Satz ab und zu auch zu einer Frage um. Schließlich eilte er doch zum Ufer, Nervosität überfiel ihn wie in seiner Jugend, wenn er verabredet war. Aber er entdeckte diese Irmtraud nicht, die sich mit ihm auf der Fähre verabredet hatte. Er war erleichtert, vielleicht kommt sie gar nicht! Zugleich war er enttäuscht. Er nahm die nächste Fähre ohne sie, blickte auf den Kastanienbaum, der sich über das Fährhaus kugelförmig wölbte, bald wird er in voller Blüte stehen, eine der schönsten Ansichten von Caputh, die er in seinem inneren Auge schon vor einigen Jahren gespeichert hatte. Ach, das Leben kann so schön sein, vor allem wenn man es allein auskostet. Als er das dachte, wollte er sofort in sein Haus zurückkehren, doch die Fähre war schon fast am anderen Ufer angelangt. Sie ließ ihm keine Wahl mehr, und so fügte er sich eher widerwillig in das, was ihn mit der fremden Frau erwarten könnte. Wenn sie denn kommt! Er lugte im Portofino nach Babette. Die sollte gleich nicht sehen, dass er mit einer Frau verabredet war. Du machst dich lächerlich, ermahnte er sich. Vergiss Babette!

Da sah er sie, sie winkte ihm heftig zu, er tat so, als sähe er sie nicht. „Hier bin ich“, schallte es von der Fähre hinüber zum Ufer. Noch vor den Autos rannte sie die Rampe hinunter auf ihn zu, prallte gegen ihn, als er einen Schritt auf sie zu machte. Doch er fiel nicht um vor geballter Frauenkraft.

„Oho“ hauchte sie ihn an. Und nach einem koketten Blick in seine Augen: „Kennen Sie Meusebach“ fragte sie ihn noch ein wenig atemlos.

„Mäusebach?“

„Ich bin Lehrerin an der Meusebachgrundschule in Geltow.“

„Wieso gibt es denn in Geltow einen Bach für Mäuse“, stellte er sich dumm.

„Na intelligent sind sie ja schon einmal nicht. Der Meusebach ist ein Dichter. Unser Dichter!“

„Nie von gehört!“

„Na, dann eben nicht.“ Die Lehrerin aus Geltow hakte Henze unter, als kennten sie sich schon seit Wochen. „In einundzwanzig Tagen hat er Geburtstag unser Meusebach, da gehen wir zusammen hin. Sie müssen aber auch mitsingen."

Henze hasste Geburtstagspartys, man musste sich dafür immer ein Geschenk ausdenken. Was soll ich diesem Meusebach, den ich zudem gar nicht kenne, denn schenken?

Doch Singen das tat er seit eh und je gern, Musik hatte seine Kindheit und frühe Jugend bestimmt, er hatte gar Komponist werden wollen. Doch wohin sind sie alle verflogen, die Jugendträume! Er seufzte tief. Sie schaute ihn verblüfft an.

„Leiden Sie etwa? Ich bin doch bei Ihnen", und sie hakte ihn noch fester unter. „Wir schlendern erst einmal die Promenade hinunter, dann laden Sie mich sicherlich ins Fährhaus ein. Ich liebe dieses Gasthaus, die Terrasse zum Wasser, wunderschön, und das Essen superlecker. Wie heißen Sie eigentlich? Stellen Sie sich doch mal vor!"

„Henze, wie der Komponist, aber Anton."

„Ich bin ja auch Musiklehrerin, aber einen Komponisten Henze kenne ich nicht! Ich spiele auch Klavier und kann Ihnen heute Abend noch was vorspielen."

„Na besonders intelligent sind Sie ja nicht!" Henze lachte über seine Retourkutsche, fürchtete aber vor allem, dass sie ihn mit nach Hause nehme, was vorspiele, und dann noch

Vorspiel und so weiter, nein das wollte er nie mehr.

Sie redete ununterbrochen, das kannte er von Frauen, vor allem aus dem Osten. Er hätte ihr am liebsten den Mund verschlossen. Mit einem Kuss. Ihr Mund nämlich reizte ihn, er war groß und lasziv, er war das einzig Schöne an der Frau, sie war ihm zu mollig und nein hässlich nicht, aber auch nicht attraktiv, vor allem mit diesen Dauerwellenlocken, die beidseitig an ihrem Gesicht herunterfielen. Da winkte Babette ihm zu, schüttelte den Kopf und drohte ihm scherzhaft mit dem Zeigefinger.

„Sie sind ja ganz rot geworden, an was haben Sie denn gedacht?“ Sie schaute in ihren Ausschnitt, knöpfte die Bluse zu. „Sie sind ja ein ganz Schlimmer, habe ich Ihnen gestern schon angesehen an der Fähre. Das kann ja noch was geben“, strahlte sie ihn an und hakte ihn so fest ein, dass er ihre Brust an seinem Ellenbogen spürte.

“Ich will nicht!“ zischte er.

„Was wollen Sie nicht?“

Statt zu antworten, machte er sich von ihr frei, ging nun einen Schritt neben ihr her, doch sie zog ihn wieder an sich.

„Diese Jungsche, die Ihnen eben zugewinkt hat, was will die von Ihnen, die könnte ja Ihre Enkelin sein?“

„Nein das nun doch nicht!“

„Na, Sie sind sicherlich schon siebzig und sie ist höchstens Mitte zwanzig. Machen Sie sich vielleicht an kleine Mädchen ran? Nun ist aber Schluss damit, das kann ich Dir, äh, Ihnen schon mal sagen“. Und sie nahm Henze wieder in ihren Klammergriff.

„Ich bin erst fünfundsechzig, und kleine Mädchen, äh, die interessieren mich nicht, äh“, und er meinte Babette zu verraten in diesem Augenblick.

„Eine reife Frau, kurz vor der Menopause, und mit Erfahrung, das ist die Richtige für Sie. Ich bin neunundvierzig! Zwei Kinder, schon aus dem Haus, zweimal verheiratet. Und Sie?“

„Niemals!“

„Dachte ich mir schon. Bindungsunfähig! Sehe ich Ihnen an der Nasenspitze an! Schluss damit nun!“

„Warum haben denn Ihre Männer Sie verlassen?“

„Äh, Äh, ich weiß es auch nicht!“ Tränen stiegen in ihre Augen, kullerten. „Küssen Sie die mal weg, seien Sie ein Gentleman, trösten Sie eine unglückliche Frau! Nun mach schon!“

Henze küsste ihr die Tränen von der Wange. „Ganz schön salzhaltig.“

„Seien Sie doch mal romantisch,“ und sie küsste ihn mitten

auf der Promenade auf den Mund, ihre Zunge suchte seine Zunge, und bald hatte sie diese gefunden, er aber prustete los, bekam keine Luft.

Da kam der Fährmann mit seinem kleinen Pudel vorbei. „Sie gehen aber ran!“ flüsterte er Henze zu.

„Und Sie? Schon Feierabend?“

„Ja, ja, Sie aber noch nicht wie ich sehe!“

Henze ärgerte sich darüber, dass diese Frau ihn im Griff hatte. Aber als sie ihn geküsst hatte, hatte er probeweise an ihren Hintern gegriffen und er hatte nicht wenig in der Hand gehabt. Er war mäßig erregt, denn zugleich schüttelte er sich vor so viel Masse. Wie komme ich bloß weg von der? Er fand aber keine Lösung für das Problem, trottete weiter neben ihr her. Schließlich waren sie am Ende der Promenade angelangt, auf einem Rondell, vor dem nur noch das Wasser des Sees lag, über das eine rote Sonne ihnen entgegen leuchtete. Henze war geblendet und blinzelte.

„Der schönste Sonnenuntergang der Welt!“ stöhnte sie. „So romantisch, nicht wahr, mein Liebster, sag doch auch mal was, bist immer so schweigsam! Aber küssen, das kannste immerhin. Küss mich noch mal!“

Und Henze küsste sie, obwohl er es nicht wollte, doch er

konnte ihrem Mund und den sinnlich gewölbten Lippen nicht widerstehen. Sie drängelte sich an ihn, ließ rhythmisch das Becken kreisen, was Frauen alles so können, dachte er wieder einmal, war aber auch über sich verdattert, dass ihn das nicht kalt ließ. Sie stöhnte wieder, dieses Mal nicht wegen der untergehenden Sonne.

„Du gehst ja vielleicht ran."

„Ich?"

„Ja du! Machst du das bei jeder Frau so?"

„Was?"

„Das du da, äh, dass du sofort, äh, na, dass de unten, äh, du weißt schon was ich meine, spür' ich doch. Das verspricht ja einiges und das in deinem Alter! Weißt du, ich habe schon lange nicht mehr, äh, seitdem mein Mann, äh, ja weg ist. Nun gehen wir aber erst einmal ins Fährhaus, was essen, du musst dich stärken!" Er fragte sich Bange wofür.

3.

Im Fährhaus waren alle Plätze zum Wasser hin besetzt. Sie verharrten auf der Holztreppe, die zur Terrasse führt.

„Nichts zu machen, wir müssen warten“, meinte Henze.

„Dann gehen wir zum Italiener nebenan!“

„Auf gar keinen Fall“, platzte es aus ihm heraus.

Sie schaute ihn verständnislos an. „Es schmeckt dort nicht“, und schon meinte er, nicht nur erneut Babette zu verraten, sondern zugleich ganz Italien, wo er vor vielen Jahren mit Rosanna sehr glücklich gewesen war, nicht nur eine ungewöhnlich schöne und zarte Frau, sie trug auch einen zauberhaften Nachnamen, Esperanza, wahrlich zum Schwelgen. „Wir warten!“ meinte er energisch und zum ersten Mal setzte er sich gegen die Frau an seiner Seite durch.

„Ich heiße ja Irmtraud, aber alle, die mich lieben, nennen mich Irmi und du liebst mich ja auch schon, so wie du mich küsst. Also sag Irmi zu mir“, und mit dem Namen hauchte sie einen Kuss auf seine Lippen.

„Knutschen können Sie woanders!“ Eine Kellnerin drängelte vorbei, eine Freundin von Babette. Sie schaute Henze irritiert an.

„Hallo Irmi!“ rief da ein Mann von der Fähre herüber.

„Der liebt dich also auch, dieser Dickwanst!“ Bin ich etwa schon eifersüchtig, befragte er sich.

„Besser ein paar Pfunde zu viel als zu wenig wie du! Ein Kollege von der Meusebachschule!“

„Weiß das Babette, dass Sie hier essen gehen“, flüsterte die Kellnerin Henze nun zu.“ Und noch leiser: „Zudem noch mit einer Frau!“

„Was tuschelst du da? Hast du denn mit allen Flittchen von Caputh was?“

„Flittchen, nennen Sie mich! Unverschämt! Sie sind zwar Lehrerin, Frau Pasulke, ich gebe Ihnen dennoch hiermit Hausverbot, dann können Sie zusehen, wo Sie was zu fressen kriegen. Olle Kuh!“

Henze versuchte zu schlichten, kam dabei ins Taumeln, stürzte zwei Stufen der Holztreppe hinunter, konnte sich gerade noch auffangen, wischte aber zwei Teller vom ausgestreckten Arm einer anderen Kellnerin. Es klirrte! Und wie! Die Schmorgurken waren mitsamt einem Fisch vom Teller gepurzelt. Wenn da nicht einer drauf ausrutscht! Die Forelle

Müllerin Art flutschte wie eine Flunder über die Holzbohlen der Terrasse, unter der Balustrade hindurch ins Wasser, doch davon hatte sie nichts mehr, ein zweites Leben war ihr dennoch nicht vergönnt. Alle Gäste schauten auf, manche hatten sich gar erhoben, um besser zu sehen. So ein Spektakel! Skandal! Die Chefin eilte herbei, wies Henze empört den Weg nach draußen. „Wie peinlich!“ flüsterte der, „ein Desaster!“

„Bravo“ jubelte Irmi. “Denen hast du es aber gezeigt! Was man mit dir alles erleben kann! Komm wir gehen ins Gildehaus, da geht es gesittet zu!”

Wie aber nun am Portofino vorübergehen, ohne dass Babette sie noch einmal sah, überlegte Henze. Doch Irmtraud zog ihn schon zur Promenade. Da stand sie, lächelte ihn an, er schmolz dahin, Babette holte gerade einen Fruchtbecher aus dem Eiscafé als Dessert: „Warum kommste heute nicht zu mir essen?“ Henze wurde schon wieder rot und Babette strich ihm leicht über die gerötete Wange. „Ist ja echt süß, wenn du rot wirst.“

„Nun ist aber Schluss mit der Flirterei vor meinen Augen!“ Irmtraud nahm Henze wieder fest in den Griff, warf Babette einen hasserfüllten Blick zu, führte ihn ab. Babette lachte. Mich aus! Dachte Henze. Hing in Irmtrauds Arm. Willenlos!

4.

Das Abendessen im Gildehaus verlief harmonisch, sie erzählte Geschichte um Geschichte aus Kindheit und Jugend von vor 1989, das Leben erschien damals abenteuerlicher, von der Zeit danach sprach sie kaum. Ihren ersten Mann habe sie schon in der FDJ kennengelernt, habe ihn im Mai ´89 verloren, als der über Ungarn in den Westen abgehauen war, dieser Verräter, den anderen habe sie schon wenige Wochen später im Sommer vor der Wende im Ferienheim des Kulturbunds am Scharmützelsee getroffen und erst vor drei Jahren an eine andere, eine Berlinerin aus Charlottenburg, verloren, „so ‚ne Wessischlampe“, spuckte sie aus. „Zwei Kinder habe ich, Mädchen, achtzehn und fünfundzwanzig, und sie zog Fotos aus der Handtasche, zeigte sie Henze aber dann doch nicht. „Ne lieber nüscht, stehst ja auf so junge Dinger, nicht dassde meene Mädchen ooch noch anmachst!“

„Mach ich nicht.“

„Musste schwören!“

Henze schwor nichts, bestellte lieber einen Grappa, verschluckte sich aber sofort, als Irmtraud meinte: „Jetzt gehen wir zu mir, ich spiel dir auf dem Klavier was vor, liebst doch die Musik, seh' ich dir an."

„Nein, nein, ich muss noch."

„Du musst gar nichts!" Schon trieb sie ihn an. Sie nahmen die Eisenbahnbrücke hinüber zum anderen Ufer, und Henze war erleichtert, denn so mussten sie nicht erneut am Portofino vorübergehen, und Babette würde nicht sehen, wie er von einer Frau abgeschleppt wurde.

Irmtraud Pasulke wohnte nur wenige Kilometer entfernt unweit der Kirche und dem Friedhof von Geltow.

„Dort liegt unser Dichter, der Meusebach begraben, und jedes Jahr am 6. Juni sing ich mit den Kindern hier zu seinen Ehren."

„Ach! Der lebt gar nicht mehr!" Henze war erleichtert, dass ihm die Geburtstagsparty erspart bleiben würde.

„Ach du Dummerchen, der ist schon 1847 gestorben. Übrigens ich, ich habe auch so eine poetische Ader," meinte sie kokett zögernd, als sie vor ihrer Haustür standen, „jeden Tag dichte ich ein Gedicht, weißt du, das kommt so aus mir raus, die Gedichte kommen so aus dem Bauch!"

„Was, die Gedichte kommen aus deinem Bauch?“ Er blickte auf ihr nicht zu übersehendes Bäuchlein, sie verdeckte es verschämt mit den Händen. Henze konnte Frauen, die malen oder dichten, nicht leiden und überlegte nun, wie er bald entkommen könne, nachdem er sie noch einmal geküsst und ihre Brüste in der Hand gehabt hatte, denn mehr wollte er nicht, das aber schon. Am besten türme ich, bevor sie beginnt, Klavier zu spielen.

Sie zog ihn die Treppe hoch, und kaum hatte sie die Etagentür hinter ihnen geschlossen, fiel er über sie her. So kannte er sich schon lange nicht mehr. Sie aber entzog sich ihm: „Nun mal langsam, erst musste Schubert hören und dann können wir vögeln.“

„Ich will gar nicht.“

“Was? Willste lieber Beethoven statt Schubert hören?“

Er griff nach der Türklinke der Etagentür, wollte weg.

„Ätsch geht nicht, kannst mir nicht entkommen.“ Irmtraud hatte abgesperrt und den Schlüssel abgezogen. Henze war gefangen. Er ließ sich auf das Sofa im Klavierzimmer fallen.

Sie entledigte sich ihrer Bluse, nur noch ein Hemdchen mit schmalen Trägern trug sie über ihrem Busen.

„Schubert. Ein Impromptu“, und sie begann die Tasten

zu streicheln, „nur für dich“, fügte sie hinzu. Plötzlich spielte unvorhergesehener Weise, wie es zu einem Impromptu aber auch passen könnte, nur noch die linke Hand, mit der anderen spannte sie nämlich den Spaghettiträger über der rechten Schulter an, ließ ihn über den Oberarm abgleiten, daher Schubert nur mit der Linken, was irgendwie unvollendet klang, aber das war doch nur seine Neunte, sagte Henze sich, aber als sie mit der linken, nun spielte die rechte Hand weiter, auch den anderen Spaghettiträger abstreifte, war er kurzzeitig erregt, so dass er, ja was, vögeln wollte er ja nicht mehr, also drückte er mit der rechten Hand gegen sein Geschlecht. Das half. Es gab Ruhe. Da war das Impromptu prompt beendet, und Irmgard kam auf Henze zu, gewaltig stand sie über ihm, inzwischen völlig nackt, trällerte „in einer Nacht im Mai, da kann so viel passieren“, zog ihn ins Schlafzimmer.

„Nun Du!“

„Was?“

„Na ausziehen, wird schon nicht so schlimm sein.“

Und da er nichts tat, tat sie und als sie auch seinen Slip abgestreift hatte, schaute sie sich sein Ding neugierig an. „Das schaffe ich schon noch!“

5.

Die Nacht von Geltow bei Caputh war eine Katastrophe gewesen. Nichts half. Schließlich meinte sie resigniert und hatte beim Reden einen Kloß im Hals: „Morgen früh versuchen wir es noch einmal, nun schlafen wir erstmal eine Runde."

Doch weder vor noch nach dem üppigen Frühstück mit O-Saft, Müsli und Rotkäppchen lieblich klappte es. Henzes Fluchtphantasien wurden immer drängender, er hatte einen Panikanfall, ausgelöst durch seine Klaustrophobie. Er sprang mit beiden Beinen voran gegen die verschlossene Etagentür, strauchelte und schlug lang hin.

„Das haste nun davon, dass du abhauen willst. Ich liebe dich doch, auch wenn er dir... na kann ja mal vorkommen in deinem Alter. Wir haben ja noch einen langen Sommer vor uns. Irgendwann wird's schon werden."

„Nein niemals, ich will nach Hause" jammerte Henze. Da schloss sie die Tür auf, er stürzte die Treppen hinunter, lief die Straße entlang, nahm aber die falsche Richtung.

„Ich fahr dich zurück nach Caputh", rief sie hinter ihm her. Er resignierte, lag mehr als er saß in ihrem Opel Corsa. Wie ein Häufchen Elend.

„Lass mich bitte hier raus" bat er sie am Abzweig zum Himmelreich. Sie erbarmte sich seiner, küsste ihn noch einmal flüchtig, öffnete die Beifahrertür, legte sich dabei über seinen Schoß, doch das spürte er schon nicht mehr, behände sprang er aus dem Auto und lief so schnell er konnte die schmale Straße entlang zu seinem Sommerhaus, und noch bevor er dessen Tür öffnen konnte, ließ er sich ins Gras fallen, schlief sofort ein. Träumte von einer Frau, die Irmtraud heißen konnte.

6.

Ich muss sie vergessen, sagte er sich am Abend. Er traute sich nicht aus dem Haus, nicht zur Fähre, nicht auf die Promenade aus Furcht, dieser Frau zu begegnen. Auch Babette wollte er nicht sehen. Wenn die mich zur Rede stellt! Drei Eier waren noch im Kühlschrank, die haute er in der Pfanne zu Rührei, dazu gab es Salat aus einer Drittel Gurke, die schon ein wenig angeschimmelt war.

Als es dunkelte, setzte er sich auf den Steg, schaute über den See zu den Lichtern des Portofino und des Fährhaus. Er sehnte sich nach der Promenade, über die er jeden Abend ging, bevor er noch ein Bier trank. Heute nicht. Bier war nämlich nicht mehr im Kühlschrank, nur noch eine Flasche Mädchenbier, das mochte Henze aber nicht. Und wie kommt denn Mädchenbier in mein Haus? Die missglückte Nacht mit dieser Irmtraud tauchte vor ihm auf, er erschauderte vor seiner Liebesschwäche und vor der Körperfülle dieser Frau. Plötzlich trat Babettes zarter, junger Körper vor seine Augen. Mit der würde es vielleicht noch einmal klappen. Du machst dich lächerlich, schimpfte er sich selbst aus, dieses junge Ding und du alter Bock. Seit etwa drei Jahren lebe ich asketisch, und das ist auch gut so, und nun Irmtraud! Hat nicht alles seinen eigentlichen Anfang gefunden, als ich mich umgedreht habe. Warum nur warum?

7.

Doch es sollte ein Sommerglück folgen, ein zweifelhaftes, stets gefährdetes, aber das wusste Henze in diesem Augenblick, als er den Steg verließ und ins Haus ging, noch nicht, nur der Erzähler seiner Geschichte weiß es.

8.

Anton Henze legte sich auf seine Pritsche, schlafen konnte er nicht. Er wälzte sich hin und her, strampelte sich frei, schwitzte dennoch unerträglich. Wenn er kurzzeitig einnickte, überfielen ihn Alpträume, aber Frauen waren dabei nicht im Spiel. Oder doch ? Hatte er sie nur vergessen?

9.

Nach dem mageren Frühstück auf der Terrasse hatte er sich an den Tisch unter dem Walnussbaum in den Halbschatten gesetzt, um endlich eine Erzählung zu schreiben, die in Caputh spielte, das hatte er sich schon seit langem vorgenommen, im Grunde seitdem er das Sommerhaus vor vierzehn Jahren erworben hatte. Das war im ersten Jahr des neuen Jahrhunderts gewesen. Du musst dein Leben ändern, hatte er sich da geschworen und dafür die Natur beschworen. Die von Caputh. Doch statt nun in das Notebook zu tippen, schaute er auf das Wasser der Havel, das sich zwischen Templiner und Schwielowsee in eine Breite ausdehnte, bevor es hinter dem Fährhaus kanalisiert werden würde. Er hörte die Vögel zwitschern, den Specht gegen den Walnussbaum klopfen, den Kuckuck „Caputh, Caputh" rufen, eine Idee der Bürgermeisterin, diesen dazu zu animieren. Ein Fischreiher flog mit markig krähendem Schrei über das Haus zum See hinter den Bahngleisen. Durch die filigranen Blätter des Walnussbaums fiel ein bisweilen irisierendes Licht, die Sonne selbst erreichte Henze nur flackernd. Er war ein Liebhaber des Halbschattens, nicht nur weil er mal eine Erzählung mit diesem Titel gelesen hatte.

Am Mittag hatte er keine einzige Zeile geschrieben und war dennoch erschöpft. Er begab sich ins Haus, fiel auf die Pritsche in einen tiefen Mittagsschlaf, der seine einzig verbliebene Wollust war. „Merrigiare pallido e assorto", sprach er jedes Mal, bevor er einschlief, die erste Zeile seines Lieblingsgedichts vor sich hin. Von Montale war es. Mittäglich ruhen, blass und in sich gekehrt. Doch nach nur einer Viertelstunde Schlaf wurde er vom Rasenmäher eines Nachbarn geweckt. Er fluchte, schlich schlaftrunken hinaus, zog sich in seine uneinsehbare Gartenecke zurück und sich aus, räkelte sich auf der orangefarbenen Sonnenliege, ließ den Körper von Sonne und einem lauen Wind umschmeicheln. Er schloss die Augen und sah eine frühe Liebe vor sich aus der Zeit der Pubertät, Hannah. Seine erste Liebe. Auch die letzte? Vielleicht. „Alles danach ist doch schal", stieß er laut hervor, erschreckte damit die Katze, die ihn gelegentlich besuchte. Sie blickte ihn verdutzt an, stob davon. Vor wenigen Monaten war er in Rente gegangen, war Radioredakteur für Literatur gewesen, hätte lieber selbst geschrieben, vor allem Gedichte und Erzählungen, fünfzehn Jahre hatte er mit einer Frau gelebt, bis die einen Jüngeren gefunden hatte. Alles ein Irrtum. Hannah aber, die konnte er nicht vergessen.

„Hallo ich bin's! Irmi!" Sie bog um die Ecke.

„Oh je!"

„Freust du dich denn gar nicht?"

Henze verdeckte seine Scham mit dem Taschentuch, das er wegen seines Heuschnupfens immer in der Nähe hatte. Irmtraud stand vor seiner Liege, er sprang auf, hielt das Taschentuch und was darunter verborgen war gut fest.

„Sei nicht albern!" Sie riss ihm das Taschentuch aus der Hand. „Wir lieben uns doch. Oh, so habe ich ihn nicht in Erinnerung!" Henze stotterte, schämte sich seiner Nacktheit, hangelte nach einem Handtuch, das auf der Leine hing, und band es sich um. „Wie hast du mich denn gefunden?"

„Bin dir gestern Morgen heimlich nachgefahren und nun bin ich über das Gartentor geklettert. War gar nicht so einfach."

„In deinem Alter" rutschte es Henze raus.

Irmtraud spielte beleidigt, lachte dann aber. „In drei Jahren gehe ich vorzeitig in Rente und dann machen wir uns ein schönes Leben, Mallorca, Gran Canaria, Malediven, Bali! Nicht wahr mein Liebster."

„Ich bleibe lieber in Caputh."

10.

Sie hatte sich in seinem Garten umgeschaut, den Kopf missbilligend geschüttelt: „Hier fehlt eine ordnende Hand. Gras zu hoch, Sträucher nicht beschnitten, Unkraut sprießt überall, die Hecken sind nicht gestutzt, was machst du denn hier die ganze Zeit! Das wird sich ändern, dafür werde ich sorgen!"

Nach dieser kurzen Gartenpredigt legte sie sich unbekümmert neben ihn, nachdem sie die zweite, die grüne Liege, gefunden hatte, die Henze für alle Fälle besaß, die aber schon lange nicht mehr eingetreten waren. Nun lag sie an seiner Seite. Nackt. Er nicht. Er hatte weiterhin das Handtuch umgebunden. „Warum seid Ihr in der DDR eigentlich immer nackt herumgelaufen?"

"Wir waren halt nicht so verklemmt wie ihr Westler", und schon zerrte sie an seinem Handtuch, doch er hielt es fest in der Hand, wollte sich keine Blöße mehr geben vor ihr. Er lugte zu ihr rüber, in der Nacht hatte er sie nicht angeschaut. Immerhin noch ganz schön in Schuss alles, dachte er.

„Zählst du nun auch schon meine Falten am Bauch? Die Altersstreifen an meinem Busen, ja Apfelsinenhaut an den Oberschenkeln habe ich auch. Bei dir ist ja auch nicht mehr alles so wie vor dreißig Jahren, diese Besendinger, wie heißen sie noch, an deinen Beinen, auch nicht gerade top. Kann ja nicht jeder Mann schön sein, aber lieb biste schon. Lieb mich doch mal!“ Sie zog nun vehement das Handtuch weg. „Da ist ja noch alles im Lot, auch wenn er nicht mehr so will. Aber das kriegen wir auch noch hin“ und sie beugte sich über ihn. Da sprang Henze auf, lief ins Haus, zog seine Badehose über.

„Hellblau! Bist du denn siebzehn? Grau oder Beige, das würde dir besser stehen.“

„Das war doch Eure Staatsfarbe! Beige!“

Henze dachte plötzlich an die Zeit, als er siebzehn war und erneut an seine erste Liebe, Hannah in Herne. „Hannah!“ fuhr aus ihm heraus.

„Wer ist denn das? Schon wieder so ne Jungsche?“

Henze erzählte, warum auch nicht, von seiner ersten Liebe.

„So ne Westgöre also! Hattest du denn da, da bist du sicherlich, wie heißt es noch, praecox, oder hieß das bei Euch im Westen anders? Mein Erster, der Heinz-Eberhard aus Meuselwitz, der war zum Vergessen, sag ich dir. Nun küss mich aber mal und vergiss du auch deine Schnepfe."

Sie zog seinen Kopf zu sich. „Nicht auf den Mund! Überall, das kriegste doch wohl noch hin, wenn sonst schon nichts mehr passiert." Henze küsste Hals, Arme, auch die Brust. „Tiefer!" Mit festem Griff führte sie seinen Kopf in die tiefste Tiefe, da begann Irmtraud zu stöhnen, wurde lauter und lauter.

„Schämt Euch!" rief der alte Vogel von gegenüber.

11.

„Schatz, du machst mich so glücklich!“ meinte Irmtraud, nachdem sie wieder zu sich gekommen war. „Nun habe ich aber mächtig Hunger, wir gehen ins Portofino, zu deiner Freundin.“

12.

Nein ins Portofino sind sie nicht gegangen, Henze hatte sich durchgesetzt, er wollte von Babette nicht mehr mit ihr zusammen gesehen werden. Sie waren in seinem Haus geblieben und Irmtraud hatte mit allen Resten, die sie in seinem Kühlschrank fand, ein Essen gekocht. Henze freute sich darüber, dass sie auch kochen konnte, denn das konnte er nicht. Danach setzten sie sich auf den Steg und genossen die herabfallende Nacht, sie wünschte sich eine Sternschnuppe, damit sie sich was wünschen könnte, aber die blieb aus, sosehr sie ihre Augen auch schärfte. Vielleicht hatte ihr ständiges Plappern die Schnuppen davon abgehalten, in Caputh herunterzufallen. Henze schaute hinüber zu den Lichtern der Promenade und zum ersten Mal seit vierzehn Jahren vermisste er sie nicht.

Sie waren glücklich miteinander in den folgenden Wochen. Es war ein Bilderbuchsommer nicht nur für Verliebte, nichts als Sonne und Hitze, gelegentlich ein Abendgewitter. Ein Summen war um sie herum, Mücken, Falter, Fliegen, Stechmücken, Bienen, Libellen, Eichenprozessionsspinner.

Überall juckte es, an den Beinen, den Armen, auf der Brust und rote Flecken am ganzen Körper. Halt Sommer. Das Gras vertrocknete, graue Steppe, nichts blühte mehr in Henzes Garten. Doch die Liebe blühte auf, auch wenn sie keine Liebe machten. Irmtraud hatte es, so sehr sie sich auch bemühte, nicht wie prophezeit hingekriegt. Dennoch verbrachten sie alle Nächte zusammen, sei es in seinem Sommerhaus, sei es in ihrer Geltower Wohnung. Doch dort fühlte er sich fremd, Henze brauchte Caputh.

Es gab keine Lücke mehr zwischen ihnen, obwohl sie sich häufig Dinge sagten, die nicht zueinander passten, und das lag nicht nur an ihrer Ost- und seiner Westbiographie. Ich scheine verliebt zu sein in diese Frau, stellte er verwundert fest, obwohl sie dieses Dauerwellenhaar trägt, unablässig redet, mir keine Ruhe lässt, die ich so schätze. Und doch, sie kann so liebenswert und fürsorglich sein, wie ich es kaum je gekannt habe. Ist es eine letzte Liebe für mich? Oder ist alles eine Sommertäuschung?

13.

Eines Abends wollte sie ihn zur Geburtstagsparty eines Kollegen nach Glindow mitnehmen. Er aber wollte nicht. Er wäre lieber mit ihr allein, gab er vor. Sie zog eine Schnute, konnte ihn aber nicht überreden. Und so ließ er sie zu der Party gehen. Kaum hatte sie ihn am frühen Abend verlassen, fühlte er sich einsam. Er erkannte sich nicht wieder, wusste nicht was tun nun. Um die Leere zu überwinden, machte er sich zur Promenade auf. Und obwohl er Irmtraud doch liebte, hoffte er darauf, Babette zu sehen, ging ins Portofino. Doch Babette war nicht da. Er geriet in Panik, wenn sie nun woanders, etwa in Potsdam arbeitet! Der Portofinowirt beruhigte ihn, sie habe heute mal frei, das Mädchen sei völlig überarbeitet und sei wohl bei ihrem Freund in Werder.

„Was? Sie hat einen Freund!" rief Henze empört. Der Wirt schaute ihn schmunzelnd an und schüttelte den Kopf. „Aber hallo" sagte er nur noch.

Henze stürzte zur Promenade, rannte sie sinnlos hinunter, vorbei am Haus, in dem sie wohnte, das hatte er mal ausspioniert. Er betrat die Eisenbahnbrücke, raste sie wie ein ICE entlang, hielt plötzlich inne, nein hinabstürzen konnte man sich hier nicht, ein Gitter würde es verhindern.

Da gewahrte er Sicherheitsschlösser, die an das Brückengitter gekettet waren, mit Weiber- und Männernamen und einem Liebesherz. Er starrte sie an. Liebe ich etwa doch Babette und nicht Irmtraud? Er ließ sich niedersinken, saß auf der Brücke, schalt sich einen alten Geck, stand auf, schaute noch einmal auf die angeketteten Liebesversprechen, alles Lug und Trug, sagte er zum Wasser unter ihm und ging gemessenen Schritts weiter auf den Seeponton, bestellte in der Bar ein großes Bier, trank es in einem Schluck aus und bestellte gegen seine Gewohnheit noch ein zweites. Die Sonne ging gerade unter. Ein roter Ball thronte über dem See. Was könnte schöner sein als der Sonnenuntergang von Caputh! Aber allein! Ja allein! Nur noch allein! Trotzig laut sagte er das zu sich selbst.

Als die Sonne schließlich untergegangen war, erhob er sich seufzend und nur unter Mühen aus dem Liegestuhl, schüttete den schalen Rest des Biers in den See und ging zurück. An der Promenade setzte er sich auf eine der weiß lackierten Bänke. Die erinnerten ihn an Baden-Baden, wo er eine Zeit lang gelebt und beim Südwestfunk gearbeitet hatte. Dort floss die Oos an ihm vorüber, hier die Havel. Dort lebte ein Reiher auf einer kleinen Flussinsel, hier saß er in einem Baum gegenüber. Dort hatte er auch an sein zukünftiges Leben gedacht und gemeint, es dauere nicht mehr lang. Das war vor achtzehn Jahren gewesen. Die hatte er also überstanden. Seit Jahren lebte er in einer Furcht, er erlebe seinen letzten Sommer und würde das nächste Frühjahr nicht mehr sehen. Wann beginnt das Sterben? Da flog der Reiher auf, floh vor solch dunklen Gedanken. Und nun, was bleibt mir noch? Eine letzte Liebe? Aber ist man nicht stets verloren, wenn man liebt?

14.

Er fläzte sich in die Bank hinein, er lag mehr als er saß, schaute in den mondlosen Himmel. Was kümmert mich mein zukünftiges Leben? Ich lebe im Hier und Jetzt, genieße das. Was kümmert mich die Liebe, was eine Irmtraud, was eine Babette? Allein bleiben in alle Ewigkeit, sprach er vor sich hinein und hätte fast Amen gesagt. Da raste eine junge Frau auf einem Mountainbike die flache Promenade heran. Plötzlich bremste sie so vehement, dass das Hinterrad sich hoch- und querstellte, stand vor Henze. „Hi“, sagte sie. „Hi“, sagte er gedankenverloren, erst dann erkannte er sie, es war Babette, er setzte sich kerzengerade hin.

„Alles schau bei dir?“

Er verschluckte sich, war nicht imstande zu antworten. Sie ließ das Rad fallen, setzte sich neben ihn auf die Bank. „Komme gerade aus Werder.“

„Ich weiß, von deinem Freund.“

„Ach der, aber woher weißt du das?

„Sag ich nicht.“

„Sei nicht albern! Weißt du, mein Mario, der ist stets in Hast und Hochspannung, macht nicht wirklich Spaß mit ihm, der Junge ist so vorwitzig, du weißt schon was ich damit meine, bist ja ein erfahrener Mann. Ach was quatsch ich dir denn da. Und was hast du heut' getrieben mit deinem ollen Lockenkopf, scheinst ja echt verliebt zu sein? Kommst auch nicht mehr zu mir zum Essen ins Portofino. Echt schade."

Er sagte nichts. Schaute sie an. Ein feines, schmales Gesicht, fast noch ein Kind. Sie lächelte ihn an. Tiefgrüne Augen. Er war dem Wahnsinn nah. Da zog er ihren Kopf zu sich, küsste sie, sie wehrte sich: „Biste denn des Wahnsinns. Was erlaubst du dir!" Sie rutschte von ihm weg. „Ich mag dich ja, bist so anders als all diese Touris und die Eingeborenen von Caputh. Aber das doch nicht! Mein Opa ist ja jünger als du!"

Das traf. Er stammelte eine Entschuldigung. Da rückte sie wieder näher, nahm seinen Kopf in die Hände, als hätte sie nun Mitleid mit ihm und küsste Henze. Einmal lang. Wirklich Wahnsinn.

„Nun ist gut, aber küssen kannste wirklich super." Sie strich ihm über das graue Haar. „Nun muss ich nach Hause, ist schon spät, schlaf' gut!" Sie hob das Fahrrad hoch, schwang sich elegant darauf und fuhr weiter. Er blickte ihr lange nach, selbst als sie nicht mehr zu sehen war. Und so saß er noch eine kurze Ewigkeit auf der weißen Bank, schmeckte dem Kuss nach. Mein letzter Kuss, er reicht für den Rest meines Lebens schwor er sich. Nie wieder eine andere als sie. Auch Irmtraud nicht. Traumtrunken wandelte er die Promenade hinunter. Eine Ahnung von der Zeit besaß er nicht mehr, warum auch, wofür war sie noch von Nutzen, nach diesem Kuss? Es war schon weit nach 22 Uhr, die Fähre ruhte in ihrem Nachtschlaf, und so musste Henze, um in sein Haus zu kommen, die Promenade zurückgehen, die Eisenbahnbrücke nehmen. Ein Umweg. Er taperte durch das Dunkel, denn kein Mond schien über dem Schwanenviertel. Hat sie mich wirklich geküsst, oder habe ich es nur geträumt? Weil ich sie küssen wollte? Er war sich nicht mehr so sicher, denn er war todmüde, freute sich auf sein Bett auch, um sich an den Kuss zu erinnern, sich zu vergewissern, dass es nicht nur ein Tagtraumkuss war. Er schloss das quietschende Gartentor auf, da hörte er sie schon.

„Wo warst du denn so lange?“

15.

Sie hatte auf der Bank vor seinem Haus gesessen, Vorwurf in Person.

„Warst sicher bei deiner Göre. Haste sie endlich rumgekriegt. Du alter geiler Bock, der es nicht mehr bringt."

„Ja ich habe sie geküsst. Nun geh bitte. Will allein sein."

„Kommt nicht in Frage. Ich bleibe bei dir. Trotz dieser jungschen Zecke, die dir das Blut aussaugt und alles andere sicherlich auch. Nun musste mich aber küssen!" Was Henze auch tat, obwohl er vor gut einer Stunde noch etwas anderes geschworen hatte.

16.

Immer wenn er nun Irmtraud küsste, schmeckte er den Kuss der anderen, doch das machte nichts, denn er küsste gern und meinte, nun immer zwei Frauen auf einmal zu küssen. „Wie kommt es? Du küsst ja immer besser“, sagte Irmtraud eines Sonntags, „und wenn du jetzt auch noch, ach lassen wir das besser, ist ja vergebliche Liebesmüh. Ich liebe dich auch ohne das. Nur zu der Zecke da gehst du mir nicht mehr!“

„Ist auch nicht mehr nötig.“

„Wie meinste das denn“, fragte sie verunsichert.

Er aber sagte nichts, dachte nur an den doppelten Kuss.

„Ich werde von nun an auf dich aufpassen.“

Das tat sie am Tag und in der Nacht und konnte sich nun die Zeit dazu nehmen, denn die Sommerferien würden in wenigen Tagen beginnen. Henze aber meinte, zu ersticken unter ihrer fürsorglichen Liebe. Doch allmählich glaubte auch er, er liebe. Sie. Doch Irmtraud. Babette sah er nicht mehr. Das verhinderte sie geschickt.

17.

Noch vor Beginn der Schulferien hatten sie am Morgen des 6. Juni Meusebachs Geburtstag begangen. Punkt zehn Uhr hatte Irmtraud Pasulke mit den Kindern der Grundschule vor dem umzäunten Grab auf dem Geltower Friedhof Position bezogen. Sie hatte nur Augen für Henze, sang dann aber mit den Kindern sopranhell: „Alle Vögel sind nun da, alle Vögel alle“. Warum dieses Lied, es kann doch nicht von diesem Meusebach sein, sinnierte Henze, sang dennoch mit seinem Bassbariton so kräftig mit, dass sich eine andere Lehrerin erstaunt nach ihm umschaute, ihn anlächelte. Sein Blick fiel aber auf ein dickes Mädchen von etwa zehn Jahren, das so inbrünstig sang, dass es Henze das Herz zerriss. Seit einigen Jahren bedauerte er, kinderlos geblieben zu sein. Nun war es zu spät. Mit Irmtraud auch, obwohl, sie könnte vielleicht noch, er eher nicht. Die Jungen taten nur so als sängen sie, manche spielten mit ihrem Smartphone, andere flachsten herum, wurden von den Lehrerinnen mit bösen Blicken bedacht. Auch Irmtraud konnte also einen bösen Blick haben! Nach dem Lied sprach einer vom Heimatverein lustlos über den Dichter der Heimat, der aber kein Heimatdichter gewesen sei. Danach wurde das Geltower Heimatlied gesungen, das Henze nicht kannte, also konnte er nicht mitsingen. Zum Abschluss der Geburtstagsfeier legten die Mädchen kleine Lorbeerkränze am Grab ab, ganz liebevoll, die Jungen warfen sie cool über den Zaun, der das Grab umgab. Man plauderte noch eine Weile, Irmtraud musste mit ihren Kindern zurück zur Schule, die andere Lehrerin meinte zu Henze, er habe eine wunderbar tiefe Stimme und sei ein interessanter Mann, sicherlich sei er nicht aus Geltow oder Caputh. Ob er sie nicht einmal in Caputh in der Weberstrasse direkt am Wasser besuchen wolle. Da trat ein Herr mit wallendem Haar und mittleren Alters dazwischen, stellte sich Henze als Meusebachforscher vor. Seit fünfzehn Jahren verfolge er alle Spuren, die dieser Meusebach in Leben und Werk hinterlassen habe, und Henze fragte sich, welche Spuren er wohl hinterlassen würde. Keine, antwortete er sich selbst. Man verabredete sich für den Herbst in Berlin im Diener, einem Künstlerlokal. Henze war mäßig neugierig auf diesen Meusebach geworden. Auf die andere Grundschullehrerin mehr, die ihm von weitem noch mal zuwinkte. Sie gefällt mir, mit dieser Pagenkopffrisur und der Garconnefigur. Doch auch sie ist eine Grundschullehrerin! Das sagte sich Henze und wusste nicht so recht, was er damit meinte.

Am Abend desselben Tages las Irmtraud ihm in der untergehenden Sonne zum ersten Mal eins ihrer Gedichte vor. „Abendwolken“ hieß es. Schön hatte er pflichtbewusst gesagt, als sie ihn auffordernd anschaute, anderes aber gemeint. „Ja, sehr schön“ hatte er das Lob optimiert. Daraufhin hatte sie ihn geküsst wie nie zuvor, während er an sein Lieblingsgedicht aus früheren Tagen dachte: „Zieht eine dunkle Wolke heran.“ Von nun trug sie ihm jeden Abend zum Sonnenuntergang eines ihrer Gedichte vor. „Sehr schön“ sagte er jedes Mal, wechselte bald über zu „wunderschön“, nur weil er von Irmtraud noch leidenschaftlicher geküsst werden wollte.

18.

Nachdem sie in diesem Sommer von Caputh schon vierundzwanzig Gedichte in vierundzwanzig Tagen verfasst hatte, fragte sie Henze verschämt: „Du bist doch ein Mann mit Erfahrung, kannst du mir nicht einen Verlag für meine Gedichte besorgen?“

„Oh Lyrik, schwierig, wer will denn die kaufen“, entgegnete er, versprach aber, sich darum zu kümmern, dachte an eine Berliner Literaturagentin, Heike Jung-Eichenblatt, blond, apart, auf die er mal ein Auge geworfen hatte, die aber vor allem Männer in schicken Valentinoanzügen erhörte.

„Ich werde auch einen hübschen Einband für meine Gedichte gestalten“.

Henze ahnte schreckliches. „Da wird sich ein Verlag nicht reinreden lassen.“

„Von mir schon“, meinte Irmtraud schnippisch.

„Da biste aber schief gewickelt, wer lässt sich schon von dir was sagen. Ich nun auch nicht mehr“ und Henze wusste nicht, warum er so böse geworden war. Irmtraud schwieg betroffen, setzte sich hin und schrieb ein weiteres Gedicht. Es war ein böses Gedicht. Als sie es ihm vorgelesen hatte, die Sonne war hinter schwarzen Wolken verschwunden und über dem Krähenberg blitzte es schon, war er begeistert. Und tat nicht nur so. „Du musst nur solche Gedichte schreiben."

„Wie? Haben meine anderen Gedichten dir etwa nicht gefallen?"

„Nein!"

Der Abend war von da an verdorben, nicht nur weil sie wegen eines heftigen Gewitters frühzeitig ins Haus flüchten mussten.

19.

Beim Frühstück sprach sie kein Wort, das fiel ihr sichtbar schwer. Sie war immer noch beleidigt. Schon vor dem O-Saft fuhr Irmtraud nach Geltow, gab vor, Dringendes erledigen zu müssen. Sie fehlte ihm zwar nach wenigen Minuten, er war aber auch erleichtert, konnte er doch endlich mal wieder allein sein. In diesen Augenblicken des Widerspruchs nagte stets der Zweifel an ihm, und er fragte sich, ob sie die Richtige für ihn und er der Richtige für sie sei. Warum nur bin ich ein ewiger Zweifler?

Aber auch heute schien nach dem Gewitter der Nacht die Sonne wieder vom blauesten aller Himmel, und so vergaß Henze der Zweifler die Zweifel schnell wieder. Er lief zur Fähre, der Fährmann mit der scharfen Nase, Augenzeuge einer Sommerliebe, zwinkerte Henze jedes Mal zu, so auch nun. „So allein heute?" Und Henze meinte Spott in Charons Stimme zu hören. Tussy tuckerte los. Dieses Geräusch würde, selbst wenn er eines Tages Caputh verlassen müsste, seine letzten Lebensjahre stets begleiten. Es gehörte zu Caputh wie der Kuckuck, der im Frühsommer „Caputh, Caputh“ rief. Tussys Tuckern war für ihn Heimat geworden, und so blieb er heute auf der Fähre, ging nicht an Land, fuhr wieder mit zurück und noch einige Male hin und her, wie die Krähe auf der Fährkabine oder wie so mancher kleine Junge. Charon beachtete ihn nicht mehr, und als Henze erneut Richtung Fährhaus getuckert wurde, sah er Babette auf der Promenade enteilen, das Herz blieb ihm stehen, denn sie hing an der Hand eines jungen Manns. Mit der freien Hand winkte sie ihm zu. Dennoch war der Tag verdorben. Sie liegt sicher gleich mit diesem Kerl im Bett. Vor Wut trat er, als er die Fähre verließ, gegen die Fährkabine, die Krähe flog erschrocken davon, Charon hatte seine Gewalttat nicht bemerkt.

Henze setzte sich auf die Terrasse des Eiscafés, bestellte einen Cinzano, Elia, der Kellner, schaute ihn erstaunt an: „Schon am Morgen Alkohol!“

„Ja ich muss mich betrinken!“

„Warum denn“, fragte Elia besorgt.

„Wegen Babette“, rutschte es Henze heraus und er bedauerte sogleich, was er gesagt hatte.

„Wegen unserer Babette!“ Elia lachte, und Henze fühlte sich ausgelacht, wie so häufig in seinem Leben. Erst als er lange in die Havelbiegung geschaut hatte, war Henze wieder versöhnt mit sich und der Welt, schlürfte in kleinsten Zügen den Cinzano. Der betäubte seine Eifersucht. „Sie können mir gestohlen sein, die Weiber“ sagte er in die Havel hinein und sehnte sich danach, wie noch vor Wochen allein zu leben, um jede Minute auch allein genießen zu können. Er schaute die Promenade hinunter, die von Caputh war inzwischen die schönste der Welt für ihn, obwohl er viel in Italien promeniert war, in Porto Maurizio, in Monterosso al Mare, Ischia Ponte, in Anzio, an den Giardini von Venedig. Sie alle bedeuten für mich nichts mehr, seitdem ich die Promenade von Caputh kenne. Hier will ich sterben, wenn ich schon sterben muss. Er seufzte tief in sich hinein, da wurde er aus seiner Träumerei gerissen. Babette stand vor ihm, und er vergaß jeden Vorsatz.

„Schon Alkohol am Morgen, mein Lieber! Hast du Liebeskummer? Doch nicht etwa wegen des Lockenmonsters! Lohnt sich nicht!“

Er sagte nichts, schaute ihr in die Augen, die heute grüner als je zuvor leuchteten. Wahnsinn.

20.

Als er in sein Haus zurückkehrte, um einen späten Mittagsschlaf zu halten, hörte er den Hahn hinter dem Bahnhof krähen. Er schaute auf die Bahnhofsuhr. 15.05 Uhr. Warum krähte der Hahn am Nachmittag? Verzweifelt klang er. Ist er unzufrieden mit seinen beiden Hennen? Zwischen seinen Hennen? Bin ich nicht auch zwischen zwei Frauen? Kann mich nicht entscheiden. Diese grünen Augen, sie machen mich verrückt. Aber was soll ich mit so einer jungen Frau! Mir bleibt nur Irmtraud. Das ist vernünftig. Aber komme ich zur Vernunft? Da bremste ein Auto hinter ihm. Sie war es.

„Ich muss dir was vorlesen“, rief sie aus dem Seitenfenster, parkte ihr Auto, lief noch vor ihm in den Garten. „Komm schnell.“

Sie las ihm ein Gedicht vor, sie hatte es in ihrem Geltower Heim verfasst, ein erotisches, gar ein pornographisches Gedicht könnte man es nennen, in dem es um ein männliches, unersättliches Geschlechtsteil ging und um das dazu passende weibliche. Ein unpassendes Gedicht, sagte Henze sich. Als die letzte Zeile verklungen war, lugte Irmtraud neugierig zu ihm hinüber, der in seinem Gartenstuhl versunken war und auf den See schaute. Schließlich fragte sie: „Was sagste nu?" Das „nu" klang ungewohnt stark sächsisch, denn sie stammte ursprünglich aus Meuselwitz, bevor sie als junges Mädchen wegen der Liebe nach Norden gezogen war.

„Haste was erlebt heute oder an wen haste dabei gedacht?"

„An dich sicherlich nicht" meinte sie scharf, „hab mir was ausgedacht."

„Und das macht dich an?"

„Ja!" schrie sie, zog sich blitzschnell aus und legte sich in eine Ecke des Gartens auf die Wiese, um sie herum lauter gelbe Mädchenaugen.

„Nun komm schon, tu endlich was!" schrie sie noch lauter.

Doch Henze rührte sich nicht. Irmtraud Pasulke schrie noch einmal laut auf, dann biss sie ins Gras hinein, hatte plötzlich ein Grasbüschel samt Wurzel im Mund, spuckte aus. Ein letzter Schrei erstickte im Gras. Es war ein Sommer der Liebe aber auch der einer Verzweiflung.

21.

Er hatte sie aufgehoben, ihr die letzten Grashalme aus dem Gesicht gepustet, getröstet, in dem er ihr ein Glas des geliebten Rotweins eingeschenkt hatte, Barolo. Dann war alles wieder gut gewesen, und er vergaß die grünen Augen, gestand Irmtraud seine Liebe, zu seiner eigenen Überraschung. Er hatte sich selbst überrumpelt. Es war der 7. Juli des Jahres, einunddreißig Tage nach Meusebachs Geburtstag. Irmtraud zählte das Jahr stets in Meusebacheinheiten. Würde ihre Liebe nur das Sommermärchen von Caputh sein? Würde sie das Sommerende überdauern? „Die Liebe dauert oder dauert nicht“, pfiff Henze unpassend, sang aber den Text glücklicherweise nicht.

Sie schworen sich noch in der Nacht ewige Liebe, bis dass der Tod sie scheide. Doch zum Standesamt wollte sie nicht. „Wie soll ich das meinen Kindern und dem Enkel erklären, die würden mich auslachen.“ Irmtraud küsste ihn dennoch. Danach versuchten sie es wieder einmal, fielen dabei aber zusammen mit dem Klappbett um. Lachend über das kleine Unglück schliefen sie schließlich ein.

Beim späten Frühstück prallte die Sonne schon unbarmherzig auf die Terrasse, auf der Wiese unter dem Walnussbaum glitzerte der letzte Tau auf den Grashalmen, die Irmtraud wenige Stunden zuvor zwischen den Zähnen gehabt hatte, in einem Anfall von Verzweiflung nahe dem Wahnsinn. Sie verließen sich nicht an diesem Tag, der ja irgendwie auch der einer Verlobung war. Sie ließ gar ihre Yogastunde ausfallen, die ihr heilig war und zu der sie einmal in der Woche nach Potsdam fuhr, sie war gar schon zweimal mit ihrer Frauenyogagruppe nach Indien zur Quelle der Kunst gepilgert.

Am Nachmittag nahmen sie die Fähre, sie wollten zur Feier des Tages Eis essen. Der Fährmann gratulierte ihnen. Woher weiß der, fragten sich beide, freuten sich dennoch. Auch Elia, der das Eiscafé des Portofino führte, trat ihnen freudestrahlend entgegen, gab ihnen die Hand, schüttelte sie lange. Da kamen der Portofinowirt und Babette auf sie zu, beglückwünschten das verlobte Paar begeistert. „Dann wird ja alles gut“, meinte Babette. Nun ärgerte sich Henze und wurde auch noch rot. Immerhin strich sie ihm vor Irmtraud nicht wie sonst über die Wange. Woher wussten sie alle? Es hatte sich anscheinend herumgesprochen in Caputh, ihre „Verlobung“. Aber es war doch keiner dabei gewesen! Hatte der himmlische Geist von Caputh etwa gelauscht und es weitergetratscht!

Er bestellte drei Kugeln Eis, sie fünf, mit Sahne. „Nur heute“ fügte sie hinzu, er aber kniff sie in die seitlichen Problemzonen. Irmtraud seufzte. „Ach ja, ich Leckermaul, kann nicht nein sagen, Eis, Sahne und Schokolade, am besten alles zusammen.“ Doch ein solcher Glückstag erlaube das doch, passiere ja nicht oft im Leben. Sie zählte nach, das fünfte Mal. Ob er auch schon mal verlobt gewesen sei, fragte sie ihn. „Nein, nie!“ rief er entrüstet.

„Ach ja, bist ja bindungsunfähig. Ich vergaß. Morgen gehen wir auf die Brücke, ein Vorhängeschloss anbringen, als ewiges Zeugnis unserer Liebe.“

Er fand das albern und sinnlos, und doch eilten sie in Henzes Haus. Sie suchte im Schuppen nach einem Vorhängeschloss, und nach langem Stöbern fand sie auch eins. Es war verrostet, doch Irmtraud schabte es wieder blank, nahm einen Schraubenzieher und ritzte ein Herz hinein sowie ihre beiden Namen. „Irmi+Henze“. Nie nannte sie ihn Anton, denn der Name gefiel ihr nicht, „Ach Henze“, sagte sie oft mit einem Stoßseufzer und darin lag stets etwas Resignierendes.

Er nannte sie hingegen nie „Irmi“, der germanische Name Irmtraud gefiel ihm besser, und zuweilen lag ein wenig Ironie in seiner Stimme, wenn er sie so ansprach.

Nicht erst am nächsten Morgen, noch am Abend eilten sie auf die Eisenbahnbrücke, sie brachte das goldene Schloss an, warf den Schlüssel in die Havel. „So können wir uns nie mehr trennen!“ Da kroch in Henze eine unbestimmte Furcht hoch, sie aber küsste ihn, sie sanken hinab, lagen auf dem metallenen Brückenboden wie Teenies, die es nicht mehr erwarten konnten, sich endlich zu vereinen, doch auch hier machten sie keine Liebe, denn ein Güterzug raste direkt neben ihnen vorüber, die Brücke vibrierte. „Oh!“ Ein langgestrecktes Oh Irmtrauds begleitete den Zug, denn sie spürte die Vibration ihn ihrem Körper, er hatte nur Angst, ein Schwindel erfasste ihn, und er glaubte sich von dem Zug mitgerissen. Wie betäubt blieb er liegen, da fasste sie ihn unter und trug ihn die Brücke herab, denn sie besaß eine ungeheure Kraft, sie fühlte sich nach der Verlobung stark für ein neues Leben mit diesem Mann, der willenlos in ihren Armen lag. Doch als sie am Fuß der Brücke angekommen waren, verließen sie die Kräfte, und sie ließ ihn einfach in den Staub fallen. „Ach Henze!“

22.

Eitel Sonnenschein herrschte den ganzen Juli über, auch über den Liebenden von Caputh. Nur das Gras verdorrte weiter, selbst unter dem Schatten des Walnussbaumes, da wo Irmtraud in einem Anfall tiefster Verzweiflung die Halme zerbissen hatte. Sie versuchte immer wieder, ihn zu verführen, doch der Verzweiflung über die Vergeblichkeit wich eine heitere Gelassenheit, sie machte nun Witze über Henzes mangelnde Manneskraft, was ihm nicht gefiel, doch schließlich konnte er auch über sich selbst lachen. Sie galten nun in Caputh und Geltow als füreinander bestimmt, sozusagen als offizielles Paar, wurden nicht mehr wie zuvor belächelt. Späte Liebe sagten ihre Nachbarn. Und der Dorfklatsch blühte, in Geltow und gar in Caputh, schließlich war sie als Lehrerin eine öffentliche Person. Unsere Frau Pasulke hat ‚nen Neuen, flüsterte man sich laut zu, einen aus Berlin, ein Wessi, wenn das man gut geht und viel älter als sie ist er auch. Soviel Skepsis herrschte am Schwielowsee, Babette aber stimmte, wenn sie im „Portofino“ Pizza oder Pasta aßen, vorbehaltlos in den Chor der

Bewunderer ein, was Henze jedoch jedes Mal verstimmte. Sie blieb seine schwache Stelle in der unbedingten Liebe, in seiner Altersliebe.

23.

Sie lebten wie in einer Sommerfrische, verliebt und frisch verlobt wie sie waren. Mit dem Fahrrad erkundeten sie Caputh, besichtigten das Schloss und seinen Fliesensaal, dann die Stülerkirche mit dem Sternenhimmel, umrundeten mehrfach den See, machten halt an der Kiesgrube vor Caputh. Dort gedachte Henze des Dichters John Höxter, der sich einst hier umgebracht hatte. Sie fuhren auch schon mal nach Werder, um Fisch zu essen, in Petzow verharrten sie vor der verschlossenen Dorfkirche, die nach Schinkels Plänen erbaut worden war, hätten gern den Turm erstiegen, doch die Kirchentür war verrammelt, sie suchten vergeblich das ehemalige Schriftstellerheim, fanden aber nur ein verlassenes Haus mit verlottertem Garten, standen in Caputh mehrfach vor dem Einsteinhaus, das ebenfalls verschlossen war. Henze kletterte mit Mühe über den Zaun, riss dabei jedoch ein Loch in seine Hose. Irmtraud rief ihm ein Bravo hinterher und: „Immerhin das schaffste noch!"

Er wollte ein Mal in seinem Leben auf der Terrasse stehen, auf der einst Einstein gesessen hatte und über Caputh schauen konnte. Er verharrte lange dort, obwohl nun ein langer Riss in der Hose klaffte. In Baumgartenbrück gedachte Irmtraud ihres Dichters. Meusebach. „Mein heiliger Ort!" sagte sie pathetisch. Dort habe er gelebt, als noch eine Holzbrücke über die Havel führte und nicht so eine hässliche Betonautobrücke, unter der die Gaststätte lag, in deren Garten sie Platz fanden.

„Am 22. August werden wir hier wieder hinkommen, da ist sein Todestag." Dann sagte sie nur noch: „Havelländische Malerkolonie", schaute Henze herausfordernd an, doch der reagierte nicht, spielte den Ahnungslosen, seine Art der Provokation. „Kennste sicher wieder nicht. Unsere Maler", verkündete sie stolz, als hätte sie mit ihnen zusammen zum Pinsel gegriffen. Er schwieg und schaute weiter aufs Wasser, da stand aber schon der Kuchen auf dem Tisch und er musste nichts mehr sagen. War froh. Sie redete ja genug. Nun schwärmte sie von dem Mann aus Berlin, der sich seit ewigen Zeiten um Meusebach kümmere und ein Buch über ihn schreibe. Ein großer, charmanter Geist dieser von der Lücke, meinte sie noch, schaute nun Henze provozierend an, der wollte eifersüchtig werden, verschluckte sich aber gerade am Kuchen, Blechkuchenbrocken fielen aus seinem Mund, kein schönes Bild und das in Meusebachs Schatten. Doch als sie mit dem Fahrrad zurück in sein Gartenhaus fuhren, war wieder alles zur Liebe bereit, vor allem Irmtraud. „Schatz, sag doch bitte als Zeugnis unserer Liebe endlich nur noch Irmi zu mir wie die anderen, dann fühle ich mich dir näher." Er hauchte ein kaum hörbares Irmi, und da drückte sie ihn so fest an sich, dass er wie so oft zu ersticken glaubte.

24.

Sie schlief nackt, er nicht. Als sie am ersten Augustsonntag aufwachten, meinte sie: „Sag doch bitte noch einmal Irmi zu mir."

„I-r-m-i" schlaftrunken dehnte er den Namen.

„Ach mein Schatz ich liebe dich. Und bitte noch einmal."

„Irmtraud", lallte er, denn der Tag war bei ihm noch nicht angekommen.

„Nein, und nochmals nein! Liebst du mich denn gar nicht?" Sie kroch in sein Klappbett, das ächzte unter der Last, hielt aber stand.

„Küss mich!"

Henze küsste sie.

„Nicht auf den Mund!"

Doch er küsste sie noch einmal auf den Mund, denn das liebte er. Da sprang sie auf. „Dann mache ich halt mein Yoga und du Frühstück." Sie lief in den Garten.

Er blieb noch liegen im Bett, genoss seine morgendliche Einsamkeit wie stets, wenn sie ihre Yogaverrenkungen machte. Ist ja heute Fährfest, fiel ihm da ein, das Ereignis des Jahres in Caputh, das den Sommer teilt. Irmtraud freute sich schon seit Tagen darauf, er nicht. Nie war er beim Fährfest gewesen, hatte sich stets geärgert über die laute Musik, die von früh morgens bis in die tiefe Nacht in seine Idylle hinein schallte. War ja kein Bach oder Brahms. Soll sie doch allein hingehen. Er kuschelte sich im Bettlaken ein. Werde heute gar nicht aufstehen. Da stand sie vor ihm, zog das Laken weg. „Was machst du denn da! Kein Frühstück nirgends, nun aber mal hoch." Und sie kippte die Liege an, dass er von ihr hinunter purzelte.

„Au, ich hab mir das Steißbein verstaucht."

„Zeig mal!" Sie zog seine Schlafanzughose resolut herunter. „Ist ja nichts zu sehen an deinem Steißbein und auch sonst ist alles noch da. Nun aber zum Männerchor. Pünktlich um zehn legen die los."

Nach dem Frühstück in Eile schleppte sie ihn ab. Widerwillig ging er mit, und er folgte ihr nur, da er fürchtete, dass sie sich vergnügungssüchtig wie sie war irgendeinem Mann an den Hals werfen werden würde, einem vom Männerchor

Einheit oder einem hergelaufenen Laffen. „Ich werde auf sie aufpassen, ich will sie nicht verlieren", murmelte er, als sie an der Fähre ankamen.

„Sie singen schon, wir sind zu spät, nur weil du nicht aus dem Bett kommst" zeterte sie und schaute Henze vorwurfsvoll an.

„Guten Morgen Ihr Turteltäubchen", meinte der Fährmann lachend. Der erste Sonntag im August ist stets sein großer Tag im Jahr.

Die Fähre war völlig überfüllt, so dass sie nur mit Mühe vorankam, dabei hatte es Irmtraud eilig, sie wollte zu den singenden Männern. Kaum waren sie im Garten des Fährhauses angekommen, sang sie mit ihrer sopranhellen Stimme mit. Das Caputher Heimatlied.

„Aber Frau Pasulke, da können Sie nicht mitsingen, ist doch der Männerchor und Sie als Frau..."

„Ich singe wenn's mir passt und nicht Ihnen, Frau, Frau Kuczinsky. Übrigens, ihre Tochter ist eine Null in der Schule."

Henze war die Streitlust seiner Verlobten peinlich und so presste er ihr mit beiden Händen den Mund zu. Kein Laut mehr war zu hören. Stattdessen sang er das nächste Lied kräftig mit. Plötzlich war Irmtraud verschwunden. Der Männerchor

Einheit stimmte nun Fährlieder an, alte und neue, da musste Henze passen, auch ein Lied über jenes Auto, das an einem Weihnachtstag vor vielen Jahren in die Havel gefahren war, weil das Navi eine Brücke statt einer Fähre angezeigt hatte. Von diesem Malheur erzählt nicht nur das Lied, die Legende gehört zum Caputher Märchenstoff.

Da sah er sie. Sie flirtete mit einem Musiker der Blaskapelle, der seine Tuba geschultert und dennoch einen Arm um sie gelegt hatte. Irmtraud strahlte ihn an. Henzes Eifersuchtswut auf diesen stattlichen Mann stieg an, und er musste sich zurückhalten, um sie nicht aus seinem Arm zu reißen. Er fürchtete Aufsehen. Plötzlich waren beide aus seinem Blickfeld verschwunden. Was machen sie nun? Sich Küssen! Befingern? Da begann die Caputher Blasmusik zu spielen und erleichtert sah Henze, der Tubaspieler blies in das dicke Ding. Doch sie sah er nicht mehr. Er lief die Promenade hinunter, zwängte sich durch die Massen, auf der Suche nach Irmtraud. Da war sie! Mit einer Bratwurst in der Hand, die sie zum Mund führte. Kein erotischer Anblick. Dennoch überfiel ihn eine Lust, sie zu küssen und noch mehr. Er umfasste sie von hinten, drängte sich an sie, da fiel ihr die Bratwurst aus dem Mund. Lag auf der Promenade.

„Bist du denn des Wahnsinns?“

Das hatte vor einiger Zeit schon eine zu ihm gesagt. Babette. Wo ist sie denn heute? Und nun meldete sich eine weitere Lust in ihm. Ich muss sie suchen.

Irmtraud blickte immer noch entgeistert auf die verlorene Bratwurst, die mitten auf der Promenade lag, einsam, denn alle machten einen Bogen um sie. Ein Corpus delicti. Aber welches Delikt? Da fuhr ein Junge mit seinem Roller jubelnd über die Wurst. Die zerplatzte.

„Oh, Schatz, du musst mir eine neue kaufen“, sagte Irmtraud mit Tränen in der Stimme, als ob sie um einen nahen Menschen trauerte.

„Kauf dir doch selbst eine!“ Henze drückte ihr zwei Euro in die Hand.

25.

Erst gegen Abend kehrten sie zum Fest zurück. Sie hatte noch zwei Bratwürste gegessen und ein Nackensteak, er nur ein Matjesbrötchen. Dann waren sie zurück ins Haus gefahren, waren schon müde vom Fährfest, hielten einen Mittagsschlaf, sie im Garten in der Wiese, natürlich hüllenlos, er im Bett. Er träumte wild, von Bratwürsten, obwohl er keine gegessen hatte. Er wachte auf, mit Lust. Aber wegen was? Babette? Ist sie mir im Traum begegnet? Ob sie heute auch im Portofino arbeitet? Oder vergnügt sie sich auf dem Fest? Mit wem?

Da kam Irmtraud aus dem Garten: „Woran denkst du? An mich?“ Sie kroch unter seine Decke: „Oho!“ Doch sie verzichtete auf jegliche Liebesmüh, wollte schnell zurück zum Fest. Die Fähre aber machte Pause, denn die Caputher Wasserskimädchen tanzten ihre Kapriolen auf der Havel. Begierig schaute er hin, wie die Mädchen in ihren knappen Bikinis über das Wasser schwebten.

„Wenn du mich nur einmal so anschauen würdest.“

Dazu sagte er nichts, was sollte er dazu auch sagen, ohne gemein zu werden.

Als die Sonne zu versinken drohte, begann die Show der Abba-Revival-Band. Die Musik war was zum Mitsingen und Tanzen. Für ihn nicht, für sie schon. „Your dancing queen" tanzte sie singend vor ihm. „See that girl", hautnah vor ihm, versuchte sie, ihn zum Tanzen zu animieren, doch Henze blieb stocksteif.

„Was für eine grauenhafte Musik" sagte er laut, doch Irmtraud hörte nichts mehr.

„I have a dream to help me through the reality", sie war berauscht, und er entfernte sich von ihr. „Take a chance on me" sang sie ihm noch nach, da war er schon an der temporären Coctailbar angelangt, die Elia mit einer Freundin für das Eiscafé auf der Geltower Seite der Havel aufgebaut hatte. „Einen Caipirinha" bestellte er, obwohl er Cocktails nicht ausstehen konnte. „Anton, was soll das noch werden", meinte da Elia zu ihm.

„Ich weiß es auch nicht." Da sah er Babette vorbeilaufen, im Arm eines reifen Manns, schäkernd. Warum er und warum nicht ich? In einem Zug schüttete er den Caipirinha hinunter: „Noch einen!"

„Anton was soll das noch werden“ wiederholte Elia den rätselhaften Satz. Henze sagte nichts mehr, denn da sah er seine Verlobte, wie sie mit ihrem Kollegen Fettwanst Kevin tanzte und dabei schmuste. Henze musste sich an der provisorischen Theke festhalten, nicht nur wegen des Alkohols. Was sangen da die Abbas? „Our last summer, it was a fine and true romance“. Er torkelte weg, Elia kam hinter ihm her. „Was soll das noch werden? Soll ich dich begleiten lassen von meiner Freundin, oder schaffste es allein nach Hause?“

Er schaffte es, fiel aufs Bett, fast daneben, stieß mit dem Steißbein auf die Bettkante, wieder das Steißbein, stöhnte er vor heftigem Schmerz, schlief nicht ein. „My Waterloo“ hörte er von weitem, aber er hörte es: „My Waterloo.“

26.

Der Alkohol quälte ihn. Und die Eifersucht. Er sah sie in den Armen des Fettwanstes. Sie war nicht zu ihm zurück zurückgekommen, obwohl die Musik vom Festplatz her schon lange verstummt war. Schwül war die Nacht und schlaflos. Er stand wieder auf. Sechsundzwanzig Grad zeigte das Thermometer noch an. „Ach ich habe sie verloren", sang er nicht, sondern schrie es in den sternenlosen Himmel. Ja ich habe sie verloren. Er musste sich am Rosengitter festhalten, sonst wäre er ins Gras gefallen. Ach egal, ich werde wieder frauenlos sein! Ein billiger Trost. It was a fine romance. That's all. Der Morgen graute schon, da legte er sich ins Bett, schlief doch noch ein. Als er aufwachte, lag sie nicht neben ihm, er wunderte sich nicht. Er torkelte schlaftrunken vor die Tür, hatte einen schweren Mund und rieb sich die Augen. Nun wunderte er sich. Mitten im Garten machte Irmtraud Yogaübungen. Nackt. Wo ist sie gewesen in der Nacht und wo kommt die denn nun her? Er betrachtete sie schon wie eine Fremde. Sie wand sich in alle Richtungen, der alte Vogel schaute kaum verstohlen über die Hecke. Henze trat neben sie: „Wie kannst du nur, und das in meinem Garten. Müsst ihr denn immer nackt sein, ihr Ossis!"

„Gefalle ich dir nicht mehr", und sie zeigte sich ihm obszöner noch in der nächsten Yogastellung, doch er drehte sich weg. „Zieh dich an!" rief er ihr zu, „was soll der Vogel von dir denken!"

„Mir gefällt's" rief der über die Hecke.

„Siehste!" sagte da Irmtraud zu ihrem Verlobten, stand auf und ging zur Hecke, streckte Vogel die Hand hinüber. „Guten Morgen!" Sie tänzelte einen Moment vor ihm, bevor sie zu Henze trat: „Dem gefalle ich noch!"

„Dieser alte Bock!"

„Besser Bock und oll, als oll und Schlappschwanz!" Sie streckte ihm die Zunge raus, da hätte er sie fast geschlagen, doch seine Hand blieb auf halbem Weg zu ihrem Gesicht in der Luft hängen. So kannte er sich nicht. Sie ihn auch nicht. Nie hatte er eine Frau geschlagen. Sie hielt seine Hand fest und zog ihn ins Haus: „Nimm mal ein paar Tropfen meines Ayurvedatonikums, das beruhigt, das regt ab, leider aber nicht an."

Brav schluckte er die Tropfen, sie schmeckten eklig, er hätte sie fast ausgespuckt.

„Wo bist du gewesen in der Nacht? Hast du mit deinem Kevin...?"

Sie antwortete nicht, küsste ihn, als wäre nichts gewesen.

„Ich habe im Garten geschlafen, allein, ohne ihn und ohne dich."

Immer wieder diese Turbulenzen in ihrer Liebe, wo Henze sich doch so nach Ruhe sehnte. Altersruhe! Die Tropfen zeigten Wirkung, er wurde lammfromm, und sie vertrugen sich wieder, es war ja immer noch Sommer, und da Henze fürchtete, es wäre womöglich der letzte in seinem Leben, wollte er ihn jede Sekunde genießen, das machte ihn versöhnlich, nicht nur der Ayurvedatrunk.

„Empört Euch, der Himmel ist blau", schrie er plötzlich dem Himmel über Caputh entgegen.

„So ein Quatsch, wieso soll ich mich empören, wenn die Sonne scheint, der Himmel blau ist?"

„Ist ein Gedicht!" meinte er lapidar. Er hatte das bei Andersch gelesen, fühlte schon seit langem an jedem wolkenlosen Tag so wie Andersch.

„Das musst du mir erklären!"

„Ein Gedicht, das man erklären kann, ist kein gutes Gedicht“, wehrte er sie ab.

„Das war bei uns anders, wenn ich an die Gedichte von der Steineckert und an die von Kuba denke.“ Sie drehte sich von ihm weg: „Kuba der Dichter!“ Und Henze sah nur noch ihren nackten Hintern. „Quel pétard!“ den Ausdruck hatte er mal von einer Französin gelernt.

„Was heißt das?“

„Eine Granate!“

„Wer wie was?“

„Du bist die Granate!“

„Das will ich wohl meinen, dass haben die in der FDJ schon über mich gesagt. Geh nämlich los wie eine Granate, nur bei dir nutzt das nichts. Komm zieh dich auch aus. Ich will dich nackt. Sei nicht so verklemmt, du Wessi du!“

Er aber blieb ruhig und schaute in den Himmel, der auch an diesem ersten Augustmontag blaute und blaute, als hätte er nie eine dunkle Wolke gesichtet. „Blaute und blaute“ murmelte er mehrfach vor sich hin. Daraufhin zeigte Irmtraud ihm einen nackten Vogel.

27.

Gegen Abend desselben Tages las sie ihm ihr Gedicht des Tages vor, sie hatte schon während des Essens im „Fährhaus“, wo das Lokalverbot für sie gelockert worden war, mehrfach gesagt: „Da wirst du aber staunen.“ Kaum waren sie auf der Terrasse angekommen, holte sie das Moleskine-Notizbuch hervor, in das sie ihre Gedichte niederschrieb. Er hörte wie immer kaum zu, doch bei der letzten Zeile staunte er wirklich: „Der Himmel blaute und blaute“. So endete das Gedicht. Sie schaute ihn erwartungsvoll an, und als er nichts sagte, meinte sie voller Stolz: „Ist das nicht ein wunderbarer poetischer Ausdruck, den ich da gefunden habe?“

Er sagte immer noch nichts, schluckte schwer und dann doch: „Ich erlaube dir das nicht.“

„Was?“

„Ist geklaut, das ist nicht von dir, der Himmel blaute!“

„Von wem denn? Auch nicht von Deinem Andratsch oder wie heißt der noch. Ist von mir! Ich schwöre es Dir.“

„Nein von mir!“

„Spinnst du! Hast doch noch nie ein Gedicht geschrieben. Was kannst du denn überhaupt! Versager der du bist!“

Er sprang auf, das war zu viel: „Ich haue ab, du wirst mich nicht mehr wiedersehen.“ Er lief durch das Gartentor auf die Straße bis zur nächsten Ecke, bog links ab, versteckte sich hinter einem Baum, denn er sah, Irmtraud wollte ihm nach. Sie lief Richtung Bahnhof an ihm vorüber, glaubte wohl, er führe nach Berlin. Doch Henze betrat seelenruhig den Steg, setzte sich in einen der beiden festgeschraubten weißen Plastikstühle. Ach Berlin! Was soll ich dort noch! Er hatte es hinter sich gelassen. Es war so weit weg, weiter als der Mond. Der Lärm des täglichen Lebens war vergessen! Mein Briefkasten wird überquellen, mein Emailkonto abgeschaltet sein, da überfüllt, mein Anrufbeantworter wird unablässig und vergeblich blinken. Keine öden Vernissagen mehr, keine langweiligen Lesungen im Buchhändlerkeller oder im Literarischen Colloquium, keine sinnlosen Nächte mehr in der Rote Bete Bar. Er vermisste nichts. Die Zeitung hatte er sich nachsenden lassen, doch hatte er sie aus dem Briefkasten geholt, warf er sie ungelesen in die Ecke, nur die Ergebnisse des BVB schaute er vorher noch nach. Die Zeitungen stapelten sich schon zu einem Berg. Was soll mir Berlin, was die Welt, meine Welt ist hier in Caputh am See! Mein Paradies.

Er schaute hinüber zum anderen Havelufer. Die dortige Häuserzeile lag in einem güldenen Abendlicht. Holländisches Licht nannte Henze es, denn es erinnerte ihn an das Licht, in das niederländische Maler wie van Honthorst ihre Landschaften tauchten, wie er es in der Berliner Gemäldegalerie gesehen hatte.

Vor den Häusern wiegten sich Boote auf leichten Wellen, hinter den Dächern waren die bewaldeten Hügel des Krähenbergs zu erahnen. Er konnte den Blick nicht wenden von diesem Panorama, war glücklich allein zu sein, denn Irmtraud plapperte stets irgendwelche Geschichten runter, wenn sie da zusammensaßen. Nun konnte er den Augenblick genießen. Carpe Diem, den Tag pflücken. Davon hatte er bei Handke im „Versuch über den geglückten Tag" gelesen, aber das war Literatur gewesen, nun war er augenblickliche Wirklichkeit. Ich will sie nicht mehr wiedersehen. Sie stört den Augenblick. Ich will allein bleiben! Nur allein und in absoluter Ruhe kann ich jede Minute auskosten. Er hörte den Zug vorbeifahren, in dem könnte er sitzen, wenn er nach Berlin gefahren wäre. Doch er saß über dem See, auf dem sich wie stets in der Mitte des Sommers grüne Entengrütze bildete. Er seufzte, wollte das nahende Ende des Sommers nicht akzeptieren. Doch es würde nichts nützen. Unser Sommer sagte er sich da, und bei diesem „unser“ wusste er, er würde von Irmtraud trotz alledem nicht loskommen und sehnte sich plötzlich nach ihr.

Da ging hinter ihm auch schon die Sonne unter und das güldene Licht erlosch. Wie jeden Abend fiel er dann in eine grenzenlose Melancholie, die heute noch tiefer war, da er allein auf dem Steg saß, obwohl er vor allem dann in der Lage gewesen war, sich der Melancholie hinzugeben, wenn er allein gewesen war. Doch seit kurzem waren Sehnsucht und die Lust allein zu sein, einer Lebensfurcht gewichen. Morgen Abend werde ich wieder mit ihr das holländische Licht schauen, bis zum letzten Augenblick und dann Irmtraud in den Arm nehmen. Auch gegen die Melancholie, die mit ihr leichter zu ertragen ist. Seufzend stand er auf, verließ den Steg, kehrte ins Haus zurück.

Dort lag ein Zettel auf dem Tisch. „Du bist mit dem Zug nach Berlin, ich fahre mit dem Auto nach Geltow. Ich liebe dich. Ruf mich bitte bitte an, sobald du zurück bist.“

Er aber nutzte die Gelegenheit, ohne sie zu sein, vielleicht war es die letzte, lief zur Fähre, wollte noch einmal auf der

Promenade promenieren. Immer wenn er allein auftauchte, sprachen alle ihn an, zuerst der Fährmann. „Heute allein?" Und er antwortete stets: „Muss auch sein!" Er lauerte hinüber zu Babette, die kam ihm sofort entgegen gesprungen: „Heute allein?" Küsste ihn auf beide Wangen. „Muss sein" bekam er nur mühsam heraus, denn er hätte sie am liebsten fest in den Arm genommen und richtig geküsst, wie vor Wochen. Doch Babette war schon wieder ins Restaurant rüber, und er stand wie ein begossener Pudel da. „Heute allein?" Es war Elia, der das so sagte, als wolle er Henze herzliches Beileid wünschen. „Muss auch sein", antwortete er patzig. Elia staunte über Henzes scharfen Ton: „Komm ich gib' dir einen Ramazotti aus." Henze ließ sich in einen Stuhl fallen, schaute in die Biegung der Havel hinein. Das beruhigte ihn auch an diesem Abend.

„Lass es dir schmecken" meinte Elia, was er sonst nur sagte, wenn er üppige Eisbecher servierte. Henze schüttete den Ramazotti hinunter, er schüttelte sich, doch eine wohlige Wärme stieg in ihm hoch. Die Welt war wieder in Ordnung. Ich muss Babette vergessen.

„Babette lässt fragen, ob du eine Bruschetta haben willst." Henze sagte nicht ja, nicht nein. Und schon stand sie vor ihm. Babette. Mit Bruschetta in der Hand.

„Das wird dir gut tun!“ Elia nickte dazu.

Was ist mit mir? Dass sich alle so um mich sorgen! Sie behandeln mich wie ein Kind oder wie einen Greis. Will mich nicht so gehen lassen vor den jungen Leuten. Will nicht alt sein. Henze straffte seinen Körper, setzte sich gerade in den Stuhl. Und schon fühlte er sich nicht mehr alt.

28.

Als er in seinem Häuschen zurück war, klingelte das Handy, das er auf dem Bett hatte liegen lassen. Er ließ es klingeln, ging hinaus in den dunklen Garten, stolperte über einen Maulwurfhügel, lag im vertrockneten Gras, hätte fast in die allerletzten Halme gebissen wie einst sie. Da klingelte es wieder. Die Hand schmerzte vom Sturz, der große Zeh auch. Oder war es wieder ein Gichtanfall? Er raffte sich hoch, humpelte zum Telefon. Doch es war wieder verstummt, er schaute auf das Display. Entgangene Anrufe. Es war sie. Mehrfach. Nicht Babette. Irmtraud. Ich Tor, was habe ich da wieder erhofft. Außerdem woher sollte Babette meine Nummer haben! Traue ich ihr aber zu, dass sie die ausspioniert hat. Da klingelte es wieder, er nahm ab, und sagte:“Hi Babette!“

„Nein es ist nicht deine Göre, du Kinderschänder! Irmi. Komm zu mir, sofort! Ich habe dir doch verboten sie zu sehen, an sie zu denken!“

Tatsächlich nahm Henze das Fahrrad, fuhr, da er zu viel getrunken hatte, in Schlangenlinien durch den dunklen Wald, kam mehrfach von der Chaussee ab, erreichte Baumgartenbrück, hätte dort gern noch ein Bier getrunken, doch die Gaststätte hatte des Nachts nicht geöffnet, das war ein Naturgesetz, langte „Am Grashorn“ an, stolperte die Treppe hoch, fiel in ihre Arme und ruhte an ihrem gewaltigem Busen.

29.

“Am Samstag geben wir ein Fest” hörte er am Geltower Frühstückstisch aus Irmtrauds Mund. „Ich habe schon alle eingeladen.“ Henze nickte noch leicht schlaftrunken, dennoch schauderte es ihm vor dem Fest, frohlockte aber auch, er würde in Caputh bleiben und am Abend zur Promenade hinüber fahren können, würde Babette sehen, das lass ich mir nicht verbieten, sagte er streng in sich hinein.

„Wenn es regnen sollte, sitzen wir alle unter dem Vordach. Oder sollen wir ein Partyzelt aufbauen?“

Henze fragte sich, welches Vordach und was soll ein Partyzelt hier in der Wohnung, Irmtrauds Balkon ist doch so winzig. Plötzlich ahnte er Furchtbares.

„Freust du dich denn gar nicht, dass wir in unserem Garten feiern, kannst auch deine Berliner Freunde einladen, nur nicht all deine verflossenen Schicksen, die will ich nicht sehen.“

„Ich will nicht!“

„Was willst du nicht?“

„Feiern!“

Du bist langweilig, ein Spielverderber, ein Miesepriem, ein sturer Bock, ein Muffel, ein Fatzke, ein Kotzbrocken, ein...ein!“ Mehr fiel ihr an Schimpfnamen nicht ein. „Wir feiern! Basta! Sommerfest! Ich frage meinen jungen Kollegen Kevin, ob er uns sein Partyzelt leiht und einen Grill, so was besitzt du ja nicht.“

„Nicht in meinem Garten! Ein Partyzelt, ich hasse die Dinger und das Grillen auch!“ Er konnte sich aber wieder einmal nicht gegen Irmtraud durchsetzen.

30.

Er hatte niemanden aus Berlin eingeladen, und so trudelten am späten Samstagnachmittag Geltower, Caputher, Petzower, Fercher, Werderaner in Anton Henzes Garten ein, der ganze Schwielowsee war bei ihm zu Gast. Selbst einige Yogadamen mit Indienerfahrung waren aus Potsdam herübergekommen. Irmtraud hatte den Garten schick dekoriert mit Luftballons, künstlichen Blumen, Kerzen, Luftschlangen, gar eine Solarlichterkette hatte sie zwischen die Walnussbäume und den Pflaumenbaum gehängt. Alles war bereitet für eine Partynacht am See.

„Wer ihn noch nicht kennt, ich stelle euch meinen Lebensgefährten Anton Henze vor", einige klatschten, „und ich danke euch allen, dass ihr unserer Einladung in unseren Garten gefolgt seid."

Alle schauten sich neugierig nach Irmis Lebensgefährten um, der wurde rot, versteckte sich hinter einem Koloss von Mann, lugte noch einmal hinter ihm vor, sagte verschüchtert, „dann feiert mal schön", und nutzte die nächste Gelegenheit, zu fliehen, natürlich zur Promenade. Doch Babette war nicht da, und er bekam einen Eifersuchtsanfall, stampfte auf der Promenade auf, woraufhin sein Fuß schmerzte, er humpeln musste. Die ist sicher wieder bei ihrem Freund in Werder, diese Hure. Ich muss sie endlich vergessen! Er setzte sich auf eine der weißen Bänke, die ihn immer wieder an den Kurpark von Baden-Baden erinnerten. Ich will sie für mich allein, doch meinte er nicht Babette, sondern Irmtraud. Alle diese dickwanstigen Männer in meinem Garten, die pinkeln mir doch nur die Grube voll und machen sich an meine Irmtraud ran. Schließlich beruhigte er sich, denn er schaute in die Flussbiegung, die kurierte ihn wie stets von allem Kummer und Ärger. Bevor die Havel sich in die Rechtsbiegung legt, weitet sie sich nach links aus, als ob sie sich, bevor sie in den Schwielowsee mündet, noch einmal ausruhen, sich in der Abendsonne aalen möchte. Er folgte der Havel immer wieder mit den Augen, bis die Sonne ihn blendete, es vor den Augen flirrte. Er seufzte tief in sich hinein. Bald geht der Sommer zu Ende. Unabänderlich. Und findet mit ihm auch die Liebe zu Irmtraud ein Ende? Eine immer wieder auftauchende doppelte Furcht. Da sprang er auf, wollte zu ihr zurück, sie allen anderen Männern entreißen, ja alle Gäste hinaus werfen, um mit ihr allein sein zu können. Er warf einen Blick ins Portofino, sie war immer noch nicht da. Babette. Vergessen! Ermahnte er sich. Ungeduldig wartete er auf die Fähre. Als er sie schließlich betrat, meinte der Fährmann: „So allein heut‘, aber sie wartet auf dich, ist doch Party bei dir“, und Charon zwinkerte ihm zu. Woher wusste er? War er denn die Meldestation für alles, was in Caputh passierte?

Schon von weitem hörte er Musik, laute Stimmen und Singen, Bratwurstduft stieg ihm in die Nase, er hasste ihn. Ich könnte kotzen. Als er ankam, sah er sie alle tanzen: In meinem Garten! Und Singen! In meinem Garten! „Atemlos durch die Nacht“ grölten sie am helllichten Tag, fassten einander an den Hüftspeck für die Polonaise, die durch den Garten zum See und zurückführte. „Von Blankenese bis kurz hinter Wuppertal“. Er schlich um das Haus herum und durch den wilden Wein unbemerkt hinein, zog sich, da es so schwül war, bis auf den Slip aus, legte sich in sein Bett. Will Schlafen. Nichts als schlafen! Hamlet! Doch er konnte nicht schlafen, es war zu laut, Singen, Grölen, Plappern, Tellerklappern. Das schallt sicherlich über den See, denn spricht auch nur einer auf der anderen Seite, so kann Henze es in seinem Garten mithören. Keiner da drüben wird Ruhe haben, wie auch ich nicht. Ruhestörung aus meinem Garten, der doch immer eine Idylle der Stille war. Er warf sich auf dem Klappbett hin und her, es nutzte nichts. Beinahe wäre er umgekippt mit der Liege, wie kürzlich mit ihr. Ja mit ihr: „Meine Irmtraud, meine Irmi!"

Da stand sie vor ihm: „Hier bist du! Feigling. Komm tanz mit mir, mit ihrer immensen Kraft zog sie ihn aus dem Bett. Im Slip! Sie zerrte ihn in den Garten: „Oho!" riefen die Frauen, die Männer pfiffen. Er stand in aller Mitte, schämte sich, zog den gestreiften Slip hoch, damit er nicht rutschte. „Au ja, wir machen eine Dessousparty" rief da Irmtraud und schon stand sie in BH und String da. „Au ja" riefen auch die Bewohner des Schwielowsees. Bald posierten die anderen Frauen auch in Dessous, nicht wenige in Tangas, die sich um die zu großen Gesäße spannten, die Männer in farbenfroh hässlichen Boxershorts, über denen der Bauch hervor quoll. Kein schöner Anblick! Gut, dass es allmählich dunkelte! Da entdeckte Henze die andere Lehrerin der Meusebachschule, die er bei der Meusebachgeburtstagsfeier kennengelernt hatte. Auch sie im knappen BH und Slip, das konnte sie sich leisten. Sie war die Schönste. Sie gefiel Henze. Doch noch tanzte Irmtraud mit ihm, endlich ging es ans Abklatschen. Und so tanzte er mal mit der einen, mal mit einer anderen, hätte aber am liebsten mit der einen getanzt. Alle sangen nun die Lieder ihres vor langem untergegangenen Landes mit, und nur der von diesem Kevin engagierte DJ und Keybordspieler stand noch in Hose und Hemd da. Er gehörte zu den Feinen Herren. Das war die Band, die stets bei den Schulfesten am Schwielowsee auftrat.

Endlich klatschte sie ihn ab. „Annemarie heiße ich, du gefällst mir, aber du bist ja nun mit der Irmi verlobt."

„Ach was, stimmt nicht." Und er zog sie an sich, sie tanzten eng, er sah im Schein der Lichterkette wie Irmtraud den Koloss küsste, der ihren BH herunter riss und ihre Brüste küsste. Da küsste Henze Annemarie, sie küsste ihn. Alle küssten und befummelten sich. Wehe wenn sie losgelassen! Sodom und Gomorrha in Caputh. Henzes Slip begann zu spannen, denn er hatte etwas was er schon lange nicht mehr gehabt hatte mit einer Frau. Und Annemarie rieb sich an ihm, begann rhythmisch zu stöhnen, nicht nur Irmtraud kann so was, dachte er noch, da hauchte sie in sein Ohr, dass es kitzelte: „Komm wir gehen in die Büsche!" Sie führte ihn zum Jasminbusch, doch da stellte sich Irmtraud ihnen entgegen, klatschte ab. Und er musste mit ihr weiter tanzen. „Was ist denn das! Was spür ich denn da! Mit dieser Annemarie, da, da, dada! Ist ja ein Skandal. Das kann doch nicht wahr ein, ich verbiete dir, ach was.

Schluss mit der Party!“ rief sie entrüstet. „Zieht Euch an, ich werfe euch raus. Ist schon spät!“ Auch die Musik verstummte.

„Oh wie schade!“ riefen alle, doch Irmtraud war eine Autorität, denn sie war Konrektorin der Meusebachgrundschule. Und so zogen sich alle gehorsam wieder an, verließen nach und nach Henzes Garten, als wäre nichts Ungewöhnliches vorgefallen. Auch Annemarie. Sie tauschte noch einen heißen Blick mit Henze, dann war sie weg, und er war mit Irmtraud allein. Sie zog ihn ins Bett, doch nichts bewegte sich mehr. Sie war beleidigt. „Mit der blöden Kuh da klappt es und warum nicht mit mir?“ Sie weinte. So endete die Partynight von Caputh, trostlos.

31.

Das Partyzelt lag zerfetzt am Boden, als Henze am frühen Morgen aus seinem Häuschen trat. Ein Gewitter, prasselnder Regen und ein Sturm hatten ihm in der Nacht den Garaus gemacht. Zudem hatte ein dicker Ast des Walnussbaums die Stoffbahnen durchschlagen. Mit Genugtuung und Schadenfreude betrachtete er die Trümmer des Partyabends, trat dann gegen die durchlöcherten Planen, verhedderte sich in ihnen, sprang auf ihnen herum wie ein Verrückter. Werde ich verrückt, fragte er sich, hielt kurz inne, sprang weiter, lachte schallend, grölte einen Song seiner Jugend, „I can get no“, da stürzte Irmtraud heraus. „Bist du denn verrückt geworden, das schöne Zelt. Von meinem Kevin.“

„Ja, ich bin verrückt, verrückt, verrückt und dein Kevin ist ein feistes Arschloch.“

„Das hätte ich nicht von dir gedacht.“

„Was?“

„Dass du so eine Zerstörungswut hast.“

„Ich bin’s nicht gewesen, das Gewitter ist’s gewesen!“

„Welches Gewitter denn?“

„Diese Nacht.“

„Diese Nacht? Hab nichts gehört, glaub ich dir nicht, du warst es.“

„Hast ja auch geschnarcht. Und wie! Kein Wunder, dass du nichts gehört hast. Besoffen warst du!“

„Ich niemals, ich saufe nicht, und ich schnarche auch nicht!“

"Und wie!“

„Ach Henze, warum machst du mich so fertig, Anton, du liebst mich nicht mehr, die dumme Kuh von Annemarie hat dir wohl den Kopf verdreht.“

„Und dir dieser Kevin, wie du ihm die Brust gegeben hast und wie der an ihr rumgenuckelt hat, könnte ja dein Sohn sein, dieser fette Kerl.“

„Besser als so eine Hungerharke wie du, er ist ein Mann mit Muskeln, der bringt‘s, und wie!“

„Hast du etwa schon mit ihm?“

„Nee! Aber deine Annemarie, mit der du so herum poussiert hast und mit der du in die Büsche wolltest, hab ich ja gerade noch verhindert, was die erzählt hat, wie der..., phantastisch sage ich nur.“

„Dann treib es doch weiter mit deinem kolossalen Kevin, und ich, ich..."

„Komm, liebe mich wieder!" Sie nahm Henze in den Arm, beruhigte ihn, küsste ihn, und der Frieden von Caputh war geschlossen, wieder einmal. Da lugte auch die Sonne hinter einer letzten Regenwolke hervor und warf einen hellen Lichtstrahl auf ihre Liebe.

32.

Als er gegen Mittag über den See schaute, hatte sich der noch nicht beruhigt, meterhohe Wellen peitschten ans Ufer, als wäre die Havel zur Nordsee geworden. Der nächtliche Sturm hatte zwar nachgelassen, doch weiterhin klatschte Welle um Welle gegen den Steg, der so bedenklich wackelte, dass Henze fürchtete, ins Wasser geworfen zu werden. Er flüchtete. Auch die weißen Plastikstühle, die er auf die Holzbohlen angeschraubt hatte, waren weggeweht worden und tanzten auf den Wellen wie Surfer. Die Fähre, das stellte er von weitem fest, schaukelte über die Enge. Das muss ich mir anschauen, und so lief er schneller als er eigentlich konnte, erreichte sie gerade noch zur nächsten Überfahrt, sah in das unbesorgte Gesicht Charons, der so tat als hätte er alles unter Kontrolle. Doch Henze wäre fast seekrank geworden, als er die wenigen Meter zum anderen Ufer hinter sich gebracht hatte. Schaulustige waren dort versammelt. Das hatte Caputh noch nicht erlebt, die Fähre schaukelte, als hätte sie zu viel Schnaps getrunken. Die Enten am Ufer wussten nicht wie ihnen geschieht, so wurden sie vom Wasser hin und her geworfen, die Schwäne reckten erschrocken die Hälse, über der Promenade flatterten Möwen, die auch verstört wirkten. Fühlten sie sich auch plötzlich an die Nordsee versetzt? Ein kleiner Junge fragte auf die Möwen zeigend: „Papa, sind wir denn am Meer?"

Und der Papa sagte einfach Ja, um seine Ruhe zu haben und das Naturspektakel beobachten zu können. Das Wasser der Havel schäumte hoch, trat über das Ufer, so dass Henze sich nicht ins Eiscafé setzen konnte. Es war geschlossen. „Wasserschaden" besagte ein handgeschriebenes Schild. Er ging weiter und fand eine Bank, die nicht überflutet war.

Er sah noch den kleinen Jungen vor sich, der nach dem Meer gefragt hatte. Und er fragte sich, warum bin ich hier und nicht am Meer? Immer hatte er „Thalassa" ausgerufen, wenn er zum ersten Mal im Jahr das Meer erblickt hatte. Und als er mal über ein Jahr lang in Rom gelebt hatte, war er am Neujahrstag nach Anzio rausgefahren, um es zu begrüßen. Wie hatte er das Meer geliebt! Und nun musste er mit der Havel vorlieb nehmen. Weil er sich nicht mehr aufraffen konnte, weiter weg zu fahren. Aber vielleicht mit ihr, mit Irmtraud. Au ja, ich fahre mit ihr morgen nach Italien. Doch als er die rasend dahintreibenden Wolken über sich sah, vergaß er den Wunsch wieder.

Stundenlang konnte er sie beobachten, wenn er in seinem Garten saß, und nun auch. Ach wäre ich doch Wolkenforscher geworden wie Goethe! Und er dachte an alle seine Versäumnisse des Lebens und brauchte dafür ziemlich lange. Als er sie aufgezählt hatte, lag die Havel vor ihm wie immer, ruhig still und träge floss sie dahin. Zu welchem Ziel?

33.

Hatte sie ihren Yogatag in Potsdam mit anschließender Ayurvedabehandlung, dann hatte Henze bis zum frühen Abend Irmtraudfrei, selbst an diesem 15. August, an Mariä Himmelfahrt, doch der Tag hatte im protestantisch-atheistischen Brandenburg ja keinerlei Bedeutung. Für ihn schon, denn er war katholisch erzogen, ging zwar nicht mehr zur Kirche, dachte aber an Maria und stellte sich die Frage, warum und wo die eigentlich in den Himmel gefahren sei, dachte dann aber auch an eine Maria, die er mal in Italien, in Porto Maurizio kennen gelernt hatte, auf dem Verlobungscorso. Er seufzte, denn damals war er noch jung gewesen, und Maria wunderschön, aber Jungfrau wie die andere Maria.

War Irmtraud nicht da, so konnte er ungestört und ungefährdet nackt in seiner Gartenecke liegen, im Gegensatz zu ihr wollte er von den Nachbarn nicht gesehen werden. Er gab sich nicht gern eine Blöße, sein Leben lang schon. Doch wer wäre nicht gern auch mal ein wenig Exhibi gewesen wie einst Stefan Zweig, der das aber ebenfalls verborgen hatte.

Ist nicht alles Camouflage? Als er das dachte, zog er schnell seine hellblaue Badehose an, legte sich ins Planschbecken, ließ seinen Körper umspielen vom kühlen Nass. Planschte. Träumte lange in den Himmel über Caputh. Danach machte er seine Gymnastikübungen, die er, seitdem er einen Bandscheibenvorfall gehabt hatte, zweimal täglich trieb. Es folgte der Morgenspaziergang über die Promenade. Er hatte dort so manche Sonderlinge im Laufe der Zeit beobachten können, so den Fährenkieker. Auch heute stand er hinter der Absperrung. Henze nickte ihm zu, als er die Fähre verließ, der aber zeigte keine Reaktion. Stundenlang stand er da, ein wenig verwahrlost war er mit dem zotteligen gelbgrauen Bart. Er schaute auf die, die die Fähre verließen, schaute auf die, die sie betraten, ohne irgendeine Regung, gelegentlich sprach er den Fährmann an, fachsimpelte ein wenig mit ihm, der aber kaum Notiz nahm von ihm. Denn er hatte zu tun, die wartenden Autos einweisen, kassieren, dann all die anderen, die mit und ohne Fahrrad, auf die Fähre geleiten. Gelegentlich und nun auch heute wieder stellte sich Henze neben den Fährenkieker, schaute so wie er hin und her und beneidete ihn ein wenig für diese Tätigkeit, die so wunderbar sinnlos war. Plötzlich puffte ihn der Mann mit dem Ellenbogen in die Rippen und zischte: „Hau ab, ist mein Platz!" Henze puffte ihn zurück, haute aber schnell ab, fürchtete eine Schlägerei um den besten Platz an der Fähre und das Aufsehen, das das erregen würde. Was sollte Babette dann von ihm denken! Aber die war noch gar nicht da, um kurz nach zehn am Morgen. Ob sie noch schläft und sich in ihrem Bett suhlt? Und er malte sich so einiges aus, ging aber weiter die Promenade entlang, bis kurz hinter die Dampferanlegestelle Gemünd. Vor der blauen Villa setzte er sich auf eine weiße Bank. Da sah er schon einen weiteren Sonderling, einen dicken untersetzten Mann, der wenige Meter von ihm entfernt am Ufer stand. Es war der Bootewinker. In der Woche, wie auch am heutigen Morgen, hatte er nicht viel zu tun, aber am Wochenende konnte er zwischen dem Winken kaum Atem holen. Denn er winkte jedem Boot, das vorüberfuhr. Nur den Floßbooten nicht, „das sind doch keine richtigen Boote", empörte er sich laut. Er winkte stets so lange, bis einer zurück winkte. Winkte keiner zurück, fiel er traurig in sich zusammen und war kleiner als er eh schon war, wirkte dann noch mehr wie ein kleiner dicker Junge, der vergeblich einem Boot zugewinkt hatte. Kam aber einer der Ausflugsdampfer vorüber, sei es die „Harmonie", die „Charlottenhof" die „Paretz" oder „Gustav", der noch mit veritablem Dampf fuhr, dann winkten viele zurück, und er hopste vor Freude auf und nieder.

Ein Boot nach dem anderen schipperte inzwischen vorüber, „Proteus“, „Fiete“, „Maggie“, „Cythera“, in der wie in einer Luxuslimousine stets eine weißgekleidete Dame im Fond saß, als wäre sie unterwegs zu der Liebesinsel. „Mandy“, „Thorland“, „Siesta“, „Eudaimonia“ stand am Bug der Boote geschrieben. Da kam die „Anneliese“ gemächlich angeschwebt, ein altes Paar saß tief, fast verborgen, darin, es war sicherlich älter noch als das Boot selbst. Der Bootewinker winkte. Doch die beiden schauten nur nicht wenig verwundert zu dem alten winkenden Mann, und der Mann im Boot gab Gas. Wie schnell so ein altes Boot noch flüchten konnte, wunderte sich Henze, fragte sich, ob er den Bootewinker nun trösten müsste. Aber wie tröstet man einen Mann seines Alters, der einem Boot vergeblich zuwinkt? Da wusste Henze wieder einmal, dass er so wenig wusste, was im Leben nützlich sein konnte. Er stand auf, ging zurück, fühlte sich plötzlich überflüssig auf der Promenade, sehnte sich nach Irmtraud, mit ihr hatte das Leben immerhin noch ein wenig Sinn.

Doch als er kurz vor der Fähre angekommen war, überfiel ihn, als er den Fährenkieker erblickte, eine Malaise, er rettete sich auf einen Stuhl des Eiscafés. Wenn ich nun sterbe, hier auf der Promenade von Caputh! Da sank Henze hin, fasste an sein Herz, aber das war doch gesund wie ein Herzecho im Frühjahr ergeben hatte, rutschte vom Stuhl auf den steinigen Terrassenboden, fühlte Arme unter seinen Armen, fühlte sich hochgehoben von vielen Armen. Man setzte ihn wieder in den Stuhl, und er hörte eine Stimme: „Anton, was ist mit dir“? Und er erkannte die Stimme, schaute hoch, Babette beugte sich über ihn, er ruhte an ihrem Busen, sie strich ihm über die Wange. Da schüttete Elia ihm Wasser ins Gesicht. Henze war wieder bei sich.

„Soll ich dich nach Hause ins Bett bringen?“ fragte sie, und wieder malte er sich was aus, stotterte aber ein „Danke, wird schon wieder gehen.“

„Was machst du nur für Sachen, du Dummerchen“, meinte sie, als wäre er ein kleiner Junge und sie seine Tante. Elia stellte ihm einen Schnaps hin, er nippte nur daran, und schon ging es ihm besser, er sprang auf und ging zur Fähre an dem Fährenkieker vorüber, der zeigte ihm einen Stinkefinger, den Henze vornehm ignorierte. Zu Hause angekommen, haute er zwei Eier in die Pfanne, legte sich bald zum Mittagsschlaf auf seine Koje und träumte. Von wem wohl?

34.

Als er am Nachmittag wieder im Eiscafé einkehrte, saß er schon da. Noch ein Sonderling von Caputh, der Eisschokoladentrinker aus Langerwisch. Elia begrüßte Henze mit einem „Geht's wieder Alter?" und schlug ihm auf die Schulter. Soviel Fürsorge trieb Henze eine Träne ins linke Auge, und so ärgerte er sich über das „Alter" nicht. Er war, als er die Fähre verlassen hatte, vom Fährenkieker feindselig angeschaut worden, hatte daher einen Umweg durchs Portofino gemacht, um zum Eiscafé zu gelangen. „Da bist du ja endlich mal wieder", sagte der aus Langerwisch, „seitdem du diese Alte hast, machste dich so rar!"

Der aus Langerwisch hatte Henze einfach geduzt, er siezte ihn weiterhin. Er sei auf Hartz IV hatte der ihm erzählt, als sie sich im Frühjahr zum ersten Mal getroffen hatten. Er fahre mit seinem alten Mercedes jeden Nachmittag hierher, um seine Eisschokolade zu trinken. Sonst passiere ja im Leben nichts mehr. Wenn er zurück sei in Langerwisch, mache er eine Dose Ravioli oder so was zum Abendessen auf, danach Fernsehen, am besten Gottschalk, Dschungelcamp oder so was, und dann sei der Tag ja bald zu Ende. Geschafft, sage er zu sich, wenn er ins Bett gehe.

Henze hörte ihm, wenn der aus Langerwisch von seinem trostlosen Leben erzählte, kaum zu, er schaute lieber ohne Gequatsche in die Biegung der Havel, doch irgendwie mochte er den kleinen rundlichen Mann mit dem Milchbubengesicht. Wenn er nur nicht kurze Hosen trüge! Es sollte verboten sein wie in Berlin rund um den Savignyplatz. Ich werde der Bürgermeisterin schreiben, damit auch sie ein Kurzehosenverbot für Männer auf der Promenade erlässt.

„Komm doch heut‘ Abend mal zu mir nach Langerwisch", sagte der in kurzen Hosen plötzlich zu ihm. Henze bekam einen Schreck. „Kommen noch drei alte Schulfreunde von mir, wir machen uns einen schönen Abend, vier Kästen Bier hab ich schon rangekarrt." Herrenabende hatte Henze noch nie gemocht und er fragte sich nun, ob der aus Langerwisch gar schwul und ob der Abend womöglich eine Sexparty unter Männern sei. Er fürchtete sich vor schwulen Männern. „Nein Danke, danke, danke vielmals" stotterte er.

„Du musst sicherlich heut‘ Abend wieder bei deiner Alten ran. Bringstes denn immer noch?

Ich könnte das nicht. Überhaupt Frauen!"

Da zahlte Henze schnell und überließ den Eisschokoladentrinker aus Langerwisch für heute seinem Schicksal und dem Herrenabend. Ohne mich.

Doch der Satz „Überhaupt Frauen!" tönte noch lange in ihm nach, auch als Irmtraud die Tür zu seinem Garten öffnete, „Liebling mein Herz lässt dich grüßen" trällerte, ihm um den Hals fiel. „Oh mein Lieber, ich habe dich so vermisst!"

„Aber du hattest doch dein Yoga!"

„Ach was ist schon Yoga gegen so einen tollen Mann wie dich. Nächste Woche geh ich nicht mehr hin und bleibe mit dir."

„Nein, nein", stotterte da Henze und fragte sich, warum stottere ich heute so oft.

„Und wie war dein Tag?" fragte Irmtraud, eine Frage, die wohl jede Frau ihrem Mann gegen Abend stellt, doch sie wartete seine Antwort nicht ab, sondern erzählte von ihrem Yogatag. Dann sagte sie: „Warum antwortest du nicht, wenn ich dich frage, wie dein Tag war?"

„Komme doch gar nicht zu Wort". Zögerlich erzählte er doch noch von den drei Sonderlingen, die er getroffen hatte, sagte aber nichts von dem schwulen Herrenabend.

„Zu denen passt du ja super gut“, meinte sie lachend.

„Wieso?“ fragte er ein wenig eingeschnappt.

„Bist doch auch ein Sonderling!“

35.

Gegen Ende des Sommers gerät Henze stets in einen Zwiespalt, selbst in diesem Sommer der Liebe. Seit jeher liebt er Pflaumenkuchen mit Sahne, sehnt sich nach ihm lange bevor die Pflaumen reif sind. Doch zugleich weiß er, taucht der erste Pflaumenkuchen beim Bäcker auf, kündigt er das Ende des Sommers an, eine tiefe Melancholie überfällt ihn, wenn er das erste Stück Pflaumenkuchen vor sich hat, will ihn trotz seiner Pflaumenkuchengier nicht anrühren. Dann aber, hat er das erste Stück Pflaumenkuchen schließlich doch gegessen und nicht von sich geworfen, verschlingt er ein Stück nach dem anderen, die Gier ist grenzenlos, so als könnte er mit jedem Stück Pflaumenkuchen den Sommer überlisten, sein Ende aufhalten, was natürlich Unsinn ist.

Er isst ihn mit Sahne, Irmtraud ohne, denn sie achtet auf ihre Linie und das ist auch gut so und notwendig, „ist doch kein echter Pflaumenkuchen so ohne Sahne", sagt Henze dann jedes Mal, während sie bei jedem Stück Pflaumenkuchen fragt: „Ist der auch Bio?" Im Eiscafé gibt es keinen, im Fährhaus schon, und in der Baude am Anleger Gemünd Altböhmischen Pflaumenkuchen, so steht es auf einer Tafel geschrieben, doch Irmtraud mag das Café nicht und sagt, was soll das überhaupt sein, altböhmischer Pflaumenkuchen. „Lass ihn uns doch mal probieren", sagt er dann, „nein da geh ich nicht hin", antwortet sie, und schon streiten sie sich, aber kaum sind sie einige Meter auf der Promenade von Caputh gegangen, vertragen sie sich wieder. Man sollte während einer Paartherapie die Caputher Promenade als Heilmittel empfehlen, sie schlichtet jeden Streit. Und auch Anton und Irmtraud vertragen sich wieder, denn sie lieben sich ja und viele Jahre bleiben ja nicht mehr für ihre Liebe, so viele Tage für den Pflaumenkuchen auch nicht.

Also saßen sie im Fährhaus wieder einmal vor einem Pflaumenkuchen, und sie fragte ihn erneut: „Ist der denn auch Bio, der Teig, die Pflaumen?"

„Dann frag doch mal die Kellnerin" reagierte er genervt auf die Bio-Frage.

Sie hielt tatsächlich die Kellnerin auf, zeigte auf den Pflaumenkuchen auf dem Teller, fragte: „Ist denn der Teig auch Bio und die Pflaumen?"

„Hören Sie doch mit so einer blöden Frage auf. Bio, Bio! Sie sind wohl von diesen Grünen! Ich habe Ihnen doch schon einmal unser Lokal verboten", meinte die Kellnerin, „weil sie so pampig waren?"

„Ich pampig? Nie! Sie aber!"

Henze versuchte zu schlichten, doch je mehr er es versuchte, umso frecher wurde seine Geliebte, die hielt es nicht mehr:

„Stecken Sie sich den Pflaumenkuchen doch an den Hut! Sie Pflaume, Sie!"

„Raus! Und kommen Sie ja nicht noch einmal hierher!"

Irmtraud sprang empört aber auch mit Stolz auf ihren Auftritt hoch, riss Henze mit und vor dem staunenden Publikum des Fährhaus zog sie ihn die fünf Stufen hoch, achselzuckend entschuldigte er sich bei der Kellnerin, die war ja schließlich eine Freundin von Babette.

„Sie dürfen bleiben, aber diese arrogante Gans da nicht, auch wenn sie Lehrerin ist", flüsterte sie ihm noch zu.

„Komm nun essen wir altböhmisch", befahl Irmtraud, als sie auf der Straße standen, und sie küsste ihn mitten vor der Fährauffahrt heftig, ließ ihn nicht los, klebte an seinem Mund fest.

„Geht mal beiseite, Ihr Turteltauben! Habt ihr denn kein Bett zuhause?“ fragte da der Fährmann mit der so apart geschwungenen Nase.

36.

Der altböhmische Pflaumenkuchen hatte ihm nicht geschmeckt, selbst mit Sahne nicht, ihr schon. Er musste unbedingt noch ein weiteres Stück Pflaumenkuchen essen, aber echten, doch wo? Ins Fährhaus können wir nicht mehr gehen. Ob ich allein dorthin soll? Doch er traute sich nicht, Irmtraud zu fragen, ob er durfte. Vielleicht gibt es im „Gildehaus“ Pflaumenkuchen, er zog sie die Promenade hinunter.

„Nicht so schnell, Liebster!“

„Ich will endlich einen richtigen Pflaumenkuchen essen.“

„Wenn‘s denn noch einen gibt in diesem Caputh, er muss aber auch Bio sein.“

„Ach Bio, wir leben eh nicht mehr lang.“

Er eilte die Promenade weiter, sie keuchte hinterher. Da kam die „Friderícus Rex“ ihnen entgegen. Mit einer Hochzeitsgesellschaft an Bord, die Braut stand am Bug und winkte, eine schöne Braut, das sah Henze auch ohne Brille, ein eng anliegendes weißes Brautkleid trug sie. Er blieb stehen, vergaß den Pflaumenkuchen, seufzte. Irmtraud auch. „Ach war das schön, als ich das erste Mal geheiratet habe. In Weiß!", sagte sie mit verklärtem Blick.

Da erblickte Henze den Bootewinker. Er winkte der winkenden Braut zu, und als er winkte, winkte plötzlich die ganze Hochzeitsgesellschaft dem Bootewinker zu. Der war glücklich, war außer sich, er sprang hoch und nieder, und das in seinem Alter. Hoffentlich fällt er nichts ins Wasser, dachte Henze, und schon rutschte der Bootewinker die leichte Böschung hinunter, platschte ins Wasser. Die Hochzeitsgesellschaft jubelte. Henze rutschte zum Bootewinker hinunter, zog ihn an Land. Der war pitschnass. Aber das störte ihn nicht, er schüttelte sich kurz wie ein nasser Hund und winkte schon wieder. Es war ein Festtag für ihn. Heute Abend kann er zu Hause was erzählen, seiner Frau, wenn er denn eine hat. Wenn nicht, wird er den ganzen Abend sich selbst erzählen, was er erlebt hat. Und davon träumen, Henze aber fragte sich, ob er auch von der eleganten, schlanken Braut träumen wird, während er neben Irmtraud liegt.

„Wir sollten doch auch bald heiraten", sagte Irmtraud da und küsste ihn wieder, als wäre es das erste Mal. Als sie wieder zu sich kamen, war die „Fridericus Rex" verschwunden, der Bootewinker auch, stattdessen stand an seiner Stelle ein

Angler, als wäre er schon seit Ewigkeiten dort. Haben wir uns etwa so lange geküsst, fragte sich Henze. Das kann ja nur Liebe sein.

37.

In acht Tagen wird Geburtstag gefeiert, nicht Henzes, nicht Irmtrauds. Goethes. Und Karins. Ihm hat er vor Jahren sein einziges Buch gewidmet, ihr ist er in langjähriger Freundschaft verbunden, obwohl sie mindestens achtzehn Jahre jünger ist als er. Stets war er Gast ihrer Geburtstagsparty im tiefen Kreuzberg gewesen, nur ein einziges Mal war er bei Goethe zu Gast, in dessen Garten Am Frauenplan, das hatte er als Verrat empfunden, doch Karin hatte danach scherzhaft gemeint, du liebst also Goethe mehr als mich. Gelacht hatten sie.

Am Freitag werde ich zu ihr nach Berlin fahren, sie feiert sicher im Club, da ja Freitag ist, das ist stets ihr Tag dort, ich werde ihr Honig aus Caputh mitbringen und eine Flasche Wein aus Werder, den er noch im Kabuff hinter seinem Haus versteckt hatte. Doch sie war verschwunden. Hatte Irmtraud ihn etwa heimlich getrunken? Das traute er ihr zu, obwohl sie doch nur Barolo liebte.

Goethes und Karins Geburtstag bedeuteten aber auch, dass der Sommer fast zu Ende war. Ihn schauderte vor dem Herbst und dem Berliner Winter. Könnte ich doch hier in Caputh die Monate bis zum Frühling verbringen! Doch sein Haus war nur im Sommer bewohnbar. Ich will keinen Winter mehr und er erschrak darüber, was er sagte, hieße das doch auch, dass er den nächsten Frühling und Sommer nicht mehr erleben würde. Was soll ich tun? Zu Irmtraud nach Geltow ziehen, da ist der Winter vielleicht überlebbar. Doch mit ihr, stets unter ihr? Noch gab es eine Galgenfrist.

38.

Vor dem Geburtstag lag noch der Todestag. Am Abend des 21. August hatte sie es ihm gesagt: „Morgen ist sein Todestag!“

„Wer ist tot?“

„Na er!“

Er schaute sie mit einem Gesicht voller Ahnungslosigkeit an.

„Ach Du Dummerchen“ sagte sie nun auch, wie Babette vor Tagen. „Er! Unser Dichter, Meusebach natürlich!“

„Aber das ist doch schon lange her!“

„Ja 167 Jahre, morgen werden wir eine Wallfahrt zu ihm machen, ich habe mir frei genommen.“ Die Schulferien waren inzwischen zu Ende gegangen. „Du musst dich aber zu seinen Ehren gut anziehen, nicht diese verluderte Jacke und die verbeulten Jeans.“

„Dann muss ich heute Abend noch nach Berlin fahren, Anzug und Hemd holen!“

„Kommt nicht in Frage, wer weiß, ob du dann überhaupt wiederkommst", er hörte eine Angst in ihrer Stimme. „Du bleibst hier! Ich kann dir bei einem Kollegen Anzug und Hemd besorgen."

„Sind doch alle zu fett, vor allem dein Kevin, mit dem du da rumgeknutscht hast."

„Warum bist du denn auch so spindeldürr!"

„Fette Menschen leben falsch!"

„Und du wohl richtig, was?

Schon wieder lag Streit in der lauen Caputher Luft, denn auch in den letzten Augusttagen war der Sommer noch grenzenlos. Gnadentage nannte Henze sie stets. Nun aber schwieg er lieber, er war so harmoniesüchtig, Irmtraud hingegen streitlustig. Was sich liebt, das neckt sich, meinte sie oft lachend.

„Warum sagste denn nichts mehr, biste etwa wieder beleidigt?"

„Ich ziehe an, was ich will, auch wenn wir deine Meusebachleiche besuchen. Warum hängt ihr überhaupt so an dem? Was hat der denn geschrieben. Kannst du mir nicht mal was von dem vorlesen, ein Gedicht oder eine Erzählung?"

„Morgen!" Damit war der Meusebachdialog beendet, so wortkarg war Irmtraud doch sonst nicht.

39.

Als sie am Tag darauf nach Geltow aufbrachen, redete sie wieder ohne Unterlass. Sie fuhren mit dem Fahrrad, doch das hinderte sie nicht daran, ihren Vortrag zu halten. Sie überquerten den Wentorfgraben, bogen nach links ab, nahmen fast die ganze Breite der Landstraße ein, da sie nebeneinander herfuhren. Sie erzählte von Meusebachs Leben in Berlin, von seinen Schriften als Markus Hupfinsholz, seinen Kornblumengedichten und von seinen letzten Lebensjahren in Baumgartenbrück, wo ihn manche Dichter und Gelehrte aus dem nahen Berlin besucht hätten. Ab und zu hupte ein Auto, zwang sie, hintereinanderher zu fahren. „Idiot", so unterbrach sie dann ihren Vortrag. Als sie schließlich in Baumgartenbrück einradelten, da fragte Henze: „War Goethe denn auch mal hier?"

Irmtraud fiel fast vom Rad. „Sag mal spinnst du, nein, nein das kann gar nicht sein. Hier war Goethe nicht! Ich frage aber mal den von der Lücke aus Berlin, der weiß ja alles. Doch die

Gebrüder Grimm, die waren hier bei meinem Meusebach."

Sie lehnten die Fahrräder an, Henze schaute über den sich nach Süden hin öffnenden Schwielowsee und hätte gern in diesem Blick, der bis nach Petzow reichte, verweilt, doch Irmtraud kannte kein Pardon, schließlich waren sie auf Meusebachwallfahrt, und so zerrte sie ihn zur Gaststätte.

„In diesem Haus hat er einige Jahre logiert, bevor er sich oben am Berg ein Haus hat bauen lassen. Der alte Herrmann kann viel dazu erzählen", da kam der alte Herrmann, der gar nicht so alt war, schon:

„Irmi, da bist du ja mal wieder, lang nicht gesehen. Wir haben gehört, du bist wieder einmal verlobt."

„Hier das ist er, Anton, meine große Liebe."

„Wurde aber auch Zeit, dass du wieder einmal einen abkriegst. Sind ja alle abgehauen deine Männer. Da müssen wir gleich einen drauf trinken. Auf deinen Neuen!"

„Wie redest du denn da!"

Henze kicherte, und sie drehte sich empört zu ihm um, blickte ihn strafend an. Er schlug sich auf den Mund, kicherte nur noch innerlich weiter.

Sie schauten sich auf dem Dachboden die Schätze an, die die Familie Herrmann zu Meusebach und zu Baumgartenbrück gesammelt hatte, seit 1831 war der Gasthof in ihrem Besitz.

„Hier hat er gewohnt, hier hat er gesessen, geschrieben, hier hat er geredet, hier hat er getrunken, hier hat er geschlafen, der Freiherr“, sprach sie in einem Ton der Verklärung, als wäre Meusebach schon längst heiliggesprochen. Da kam Herr Herrmann mit dem versprochenen Schnaps. „Nun mal einen Korn auf unseren Meusebach, auch wenn er heut‘ gestorben ist. Lang soll er leben!“ meinte Herr Herrmann. „Und auf Euch beide, wo ihr denn nun verlobt seid.“ Henze nippte nur, Irmtraud kippte den Klaren runter: „Nun geht’s aber auf den Berg!“

Und so schoben sie die Räder den steilen Weg zum Frankenberg hoch, sie zeigte ihrem Verlobten die Stelle, an der Meusebach sich das Haus hatte bauen lassen, in dem er die letzten fünf Lebensjahre verbracht hatte. „Einen wunderbaren Blick über den See hatte er damals, heute ist alles zugewachsen. Ab zum Grab nun!“

Sie fuhren an ihrem Haus „Am Grashorn“ vorüber, „da halten wir gleich unseren Mittagsschlaf“, meinte sie augenzwinkernd. Sie erreichten den Friedhof, stiegen zum Grab hoch. Da stand sie.

„Was machst du denn hier, seit wann interessierst du dich denn für den Meusebach. Bist doch nur scharf auf lebende Männer! Und wie!“ setzte Irmtraud noch nach.

„Musst du gerade sagen“, zeterte Annemarie zurück. „Du mit deinem Kevin, könnte doch sein Sohn sein, vergreifst dich an kleinen Jungen, geil wie du bist.“

„Jetzt reicht es aber“, und Irmtraud schlug mit beiden Fäusten auf Annemarie ein, riss sie an den Haaren, „du blöde Kuh“, schrie sie. Da kratzte Annemarie Irmtraud ins Gesicht, und Irmtraud Annemarie auch. Henze schaute sich das voller Neugier und Schadenfreude eine Weile an. Meine Irmi, die ich liebe, und Annemarie, die mir besser gefällt. Sie hatten sich inzwischen derart ineinander verkeilt, dass sie nicht mehr voneinander lassen konnten. Das erinnerte ihn an Damencatch. So was hatte er in der Jugend mal auf einer Kirmes gesehen. Der fand im Schlamm statt, dieser Damencatch aber auf heiligem Boden eines Friedhofs, neben Meusebachs Grab. Wenn die beiden nur nicht noch auf das Grab fallen! Da taumelten sie, Henze aber ging nun doch dazwischen, fing die beiden Frauen auf und hatte plötzlich für einen kurzen Augenblick zwei Frauen im Arm. Warum nicht das? Doch Irmtraud und Annemarie lösten sich voneinander und aus seinen Armen, verblüfft schauten sie ihn an, schauten sich an, hatten Kratz- und Blutspuren im Gesicht, und wunderten sich, wozu sie fähig waren, obwohl sie seit der Partynacht in Henzes Garten schon verfeindet waren. Da fiel Annemarie Henze um den Hals, küsste ihn, obwohl oder gerade weil Irmtraud daneben stand. Henze wehrte sich kaum, da riss Irmtraud sie beide auseinander. „Unwürdig seid ihr! Und das an seinem Grab! Ein Skandal!" Sie zog Henze resolut mit sich, vergaß die Gladiolen, die den Kampf der Frauen unbeschadet überstanden hatten, auf das Grab zu legen.

„Nun kommste mit zu mir!" Und Henze wehrte sich nicht, er hatte sich nie gegen Frauen gewehrt. Nun küsste Irmtraud ihn, aber schmeckte er nicht nur Annemaries Kuss?

„Dann vögelt mal schön" rief Annemarie noch hinterher.

Und sie taten, als sie im Bett lagen, genau das, was sie nicht vermutet hätten, dass es doch noch mal passierte. Henze war verwundert, aber auch erleichtert, dass er doch noch konnte, was er nicht mehr für möglich gehalten hatte.

„Wenn es nun nicht mal zu spät gewesen ist" sagte Irmtraud einen rätselhaften Satz nur wenige Minuten später. Als sie eingeschlafen war, schlich er sich davon und fuhr allein nach Caputh zurück, winkte in Baumgartenbrück noch mal

Meusebach zu, fragte sich dann, was sie wohl gemeint hatte.

Wozu ist es zu spät gewesen?

40.

In den nächsten Tagen nach Meusebachs Todestag und vor Goethes Geburtstag sah er sie nicht wieder. Dabei fühlte er sich wie neugeboren, seit dem Nachmittag bei ihr in Geltow nahe Meusebachs Grab. Er hatte eine Lust wiedergefunden, die er für immer verloren geglaubt hatte. Er litt. An Entzug.

Sie kam nicht, sie rief nicht an, sie ging nicht ans Telefon. Er wartete auf sie. Vergeblich. Wusste nicht, was tun. Wusste nicht ein noch aus. „Wohin mein Sinn, wohin!" sang er eine Arie. Er war nach Geltow geradelt, hatte bei ihr geklingelt, nichts regte sich. Er fuhr weiter zu ihrer Schule, versteckte sich hinter einem Baum, lauerte ihr auf, sah sie nicht. Nur Annemarie. Der aber wollte er nicht über den Weg laufen. Obwohl ihr Kuss noch immer nachschmeckte. Ich liebe doch Irmtraud! Und nun, da sie nicht auffindbar war, merkte er erst, wie sehr er sie liebte auf seine alten Tage. Und er sagte ganz laut, was er noch nie getan hatte: „Irmi!" So als könnte er sie damit herlocken. Immer wieder sprach er ihren Namen vor sich hin, selbst als er auf dem Fahrrad zurück nach Caputh und an Baumgartenbrück vorüber fuhr.

Er blieb in seinem Haus, nahm nicht mehr die Fähre zum anderen Ufer, ging nicht auf die Promenade. Warum noch sollte ich! Ist mein Leben nun endgültig gescheitert?

Bald waren die letzten Essensreste aufgebraucht und er hungerte. Fuhr auch nicht nach Berlin zu Karins und Goethes Geburtstag. Selbst die Sonne verkroch sich, wie er sich in seinem Domizil. Es wurde kühler, er fror, hatte alles was er besaß übereinander angezogen, er vermisste ihre Wärme, die ihm ihr Körper und ihre Zuneigung gegeben hatten. Er fürchtete sich vor dem Winter mehr als jemals zuvor. Ich werde allein sein. Ich bleibe hier, ich verhungere, ich werde erfrieren oder ich gehe vorher in den See. Todmüde war er, lebensmüde, des Lebens müde.

41.

Er war schon völlig entkräftet, als er sich mit einem letzten Lebenswillen doch entschloss, ins Portofino zu gehen. Es war der 3. September, ein Mittwoch, zwei Tage zuvor hatte meteorologisch der Herbst begonnen. Als er die Fähre betrat, fragte der Fährmann mit der scharfen Nase: „Allein heute?" Was sollte er dazu sagen, und so nickte er nur mit dem Kopf.

„Warum so traurig?" fragte der weiter. Er antwortete: „Sie liebten nur einen Sommer lang", als würde er nicht von sich und ihr reden, sondern von zwei Fremden. Henze wandte sich dem Wasser zu, betrat bald das andere Ufer, drehte sich um, aber Irmtraud folgte ihm nicht. Er trottete ins Portofino hinein, Babette ließ sich nicht blicken, Elia fragte: „Allein heute?"

„Ja" fauchte er ihn an, setzte sich an einen Tisch der vorderen Reihe, schaute die Biegung der Havel hinunter, der Blick hatte ihn stets beruhigt, doch heute brach er in Tränen aus.

42.

Als er nach dem Essen in seinem Haus ankam, fand er im Briefkasten eine Postkarte, sie musste schon seit dem Mittag dort liegen. Sie zeigte eine Ansicht von Rheinsberg. Er schaute sich das Foto lange an, das Schloss über dem See, Rheinsberg, das erinnerte ihn an etwas, aber er wusste nicht mehr an was. Er traute sich nicht, die Karte umzudrehen, eine Ahnung beschlich ihn. Schließlich aber wollte er wissen, wendete sie zögerlich und sah, da waren fünf Zeilen, darunter die Unterschrift: „Deine Irmi." Er dachte noch nach über das kleine Wort „Deine", buchstabierte es, dann las er: „Lebe nun in Rheinsberg, Kevin und ich haben ein Haus am Wasser nahe dem Schloss gekauft, wir bauen Obst und Gemüse an, natürlich alles Bio. Es war alles zu spät an jenem Nachmittag von Meusebachs Todestag. Aber: es war ein schöner Sommer in Caputh mit Dir. Adieu!"

Ganz ruhig klaubte er einige Sachen zusammen, pflückte noch drei späte Caputher Pfirsiche in seinem Garten, verstaute alles in einer Umhängetasche, schulterte sie, verließ sein

Haus, schloss es zweimal ab, ging zum Bahnhof und erreichte kurz nach 22 Uhr den letzten Zug, fuhr an seinem Haus vorbei, das er im Dunkel kaum erkannte. Ich werde es verkaufen. Was soll ich noch hier. Ohne sie! Er las noch einmal ihren letzten Satz: „Es war ein schöner Sommer in Caputh mit Dir." Er zerriss die Karte, hätte die Schnipsel gern aus dem Fenster geworfen, doch die Züge hatten ja keine Fenster mehr, die zu öffnen waren, also behielt er die Schnipsel zu dem Caputher Liebessommer in der Hand und entsorgte sie erst in Potsdam auf dem Bahnhof, wusste nicht, ob in dem Behälter für Papier oder in dem für den Restmüll, entschied sich für den Restmüll. Einzeln ließ er die Papierfetzen hineinfallen, lachte laut dazu, bestieg den Zug nach Berlin. Als er in Charlottenburg ausstieg, hatte er alles vergessen.

Am Abend noch traf ich Henze, als er nach Hause ging. Er sagte nur den einen Satz: „Ich hätte mich nicht umdrehen sollen." Dann ging er den Kudamm hinunter, hielt noch einmal inne, wandte sich nach mir um und fügte hinzu: „Ich werde dir alles erzählen. Du musst meine Geschichte aufschreiben."

43.

Anfang November fuhr er noch einmal nach Caputh. Er hatte eine Anzeige zum Verkauf des Hauses aufgegeben, sie würde im „Havelbote“ und im „Tagesspiegel“ erscheinen. Erster Frost am Vortag hatte ihn daran erinnert, dass er das Wasser abdrehen müsste, und so drehte er das Wasser ab, schaltete die Pumpe des Brunnens aus, wie er es in den vierzehn Jahren, die er in Caputh verbracht hatte, im Herbst immer gemacht hatte, um sie im folgenden Frühjahr wieder anzuschalten. Das würde nun nicht mehr geschehen.

„Adieu“ murmelte er, als er das Gartentor zu seinem Haus verschloss, er blickte hinüber zum „Himmelreich“, da war er nie gewesen, nahm dann die Straße forschen Schritts, wollte eine Vergangenheit schnell hinter sich lassen, beschloss jedoch, ein letztes Mal die Fähre zu benutzen, Charon aber nahm ihn nicht wahr, als hätte er ihn schon vergessen. Henze ging einige Schritte die Promenade entlang, schaute in die

Biegung der Havel, die aber im Nebel lag. Ein Blick ins Portofino, Leere, und keine Babette, dann kehrte er zur Fähre zurück, um den Zug nach Berlin zu erreichen. Adieu Caputh. Er wollte sich von Charon verabschieden, doch der war nicht mehr zugegen für Henzes letzte Überfahrt, nur eine Frau, welch ein Wunder, und so nickte er der fremden Fährfrau zu. Tussy II tuckerte los. Seit nunmehr einhunderteinundsechzig Jahren querte die Fähre hier die Havel. Von nun an ohne Henze. Ihr Geräusch aber würde in seinen Ohren bleiben.

Er kam am anderen Ufer an, da stand sie, als ob sie auf ihn wartete. Sie lächelte ihm zu. Er wunderte sich nicht. Annemarie nahm Anton in den Arm, hakte ihn unter, führte ihn zurück auf die Fähre, Charon war wie von Zauberhand wieder zugegen und ließ ein langgezogenes „Oho" hören. Als sie auf Caputher Boden angekommen waren, küsste Annemarie ihn lange, dann führte sie Henze ab. Sie nahmen die Weberstrasse, sie schloss die Tür auf: „Hier lebe ich!" Sie setzten sich in den Wintergarten eng nebeneinander auf das Sofa, schauten auf die Havel im Nebel, sprachen kein Wort miteinander bis es dunkelte, dann meinte sie: „Hier werden wir den Winter miteinander verbringen." Henze hatte nichts dagegen, er fühlte sich wohl neben der neuen Frau. „Und den nächsten Sommer auch", fügte sie noch an und küsste ihn zärtlich lachend, da wusste Henze, es würde einen Liebeswinter und einen zweiten Liebessommer von Caputh geben.

Caputh ist ein wunderbarer Ort in der Nähe von Berlin. Personen, Institutionen und Handlung des Romans „Ein Sommer in Caputh“ sind frei erfunden, eventuelle Ähnlichkeiten rein zufälliger Natur.

Impressum

Lektorat: Karin Schneider
Umschlag: Gudrun Hommers unter Verwendung einer Illustration FreeImages.com/Rainer Topf
Layout und Satz: Jolanta Johnsson
Druck: BookPress, Olsztyn

ISBN: 978-3-943767-67-4